Die Ewigen

Eine Reise durch Raum und Zeit

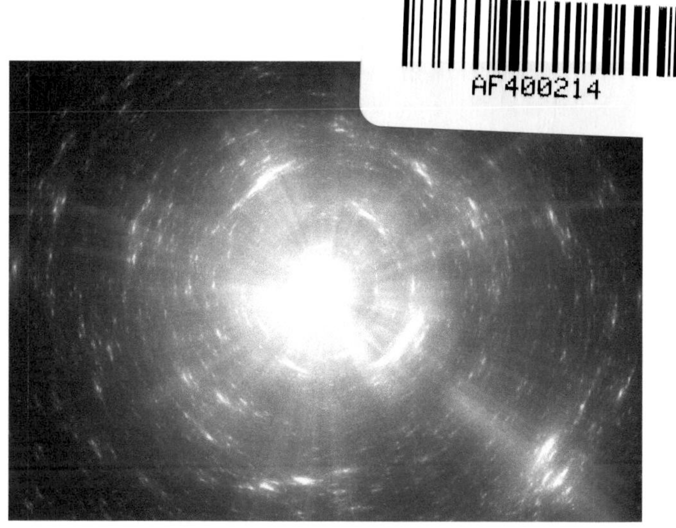

Wilhelm Förster

Science-Fiction, Fantasie - Kurzgeschichte

1

FSC
www.fsc.org
MIX
Papier aus ver-
antwortungsvollen
Quellen
Paper from
responsible sources
FSC® C105338

Wilhelm Förster

Die Ewigen

Eine Reise durch Raum und Zeit

3

Impressum

1 Auflage, vom 26.05.2021
Autor: Wilhelm Förster

Bildnachweis:
Titelbild: iStock-861345860
https://www.istockphoto.com/de/foto/licht-am-ende-des-tunnels-gm861345860-142618615

Bibliografische Information der Deutschen Nationalbibliothek:
Die Deutsche Nationalbibliothek verzeichnet diese Publikation in der Deutschen Nationalbibliografie; detaillierte bibliografische Daten sind im Internet über http://dnb.dnb.de abrufbar.

Herstellung und Verlag: BoD – Books on Demand, Norderstedt
ISBN: 978-3-7543-0309-2

Kontakt

Sie sind herzlich eingeladen meine Webseite zu besuchen, dort erwarten Sie spanende Hintergrund-Informationen, Sie können Kommentare abgeben sich über Neuerscheinungen informieren und mit mir in Kontakt treten.

www.AutorWilhelm.de

https://twitter.com/WilhelmFrster1

Inhaltsverzeichnis

Prolog

Heiße Suppe

Es gibt bestimmt viele Geschichten, die mit einem guten Teller heißer Suppe beginnen, doch um diese Art Suppe geht es hier nicht. Auch eine Tasse Hühnerbouillon trifft das Thema nicht ganz, auch wenn es hier eine ganze Menge Allegorien gibt. Fragen Sie sich gerade, *was hat eine Tasse Hühnerbouillon mit der 13. Dimension zu tun?*

Nun, irgendwie alles und auch absolut gar nichts. Nachdem nun alles gesagt ist.

- Ende -

Ich merke schon, Sie sind noch nicht vollständig von dieser kühnen These überzeugt. Vielleicht sollte ich wirklich noch ein paar erklärende Worte hinzufügen ...

Kapitel 1 - Es beginnt!

Tief draußen im Nirgendwo, wobei draußen nicht ganz richtig ist. Es sei denn, man definiert das „Draußen" als außerhalb der Blase, deren Entstehung erwartet wurde. Das „Draußen" ist für Wesen, die nicht mindestens die zwölfte Dimension wahrnehmen können, extrem schwer zu erklären, deshalb heben wir uns das für später auf.

An einem Punkt im absoluten Nichts, an dem es weder leeren Raum noch eine andere Art von Energie gab, sollte etwas seinen Anfang nehmen. Doch da wir uns im Moment oberhalb der vierten Dimension bewegen, bewegen wir uns außerhalb einer linearen Zeitlinie. Genauer gesagt, zurzeit existiert die Zeit noch gar nicht. Alles, was hier passiert, geschieht nicht, sondern ist gleichzeitig in allen Entwicklungsstadien, die es einnehmen kann, bereits vorhanden. Das ist etwa so, als würde man ein Computerspiel spielen und man hätte bereits alle nur erdenklichen Varianten durchgespielt. Für Wesen, die an eine lineare Zeitlinie gebunden sind, ist so eine Vorstellung irgendwie langweilig, fade, öde, reizlos und trist. Genauso ergeht es auch hin und wieder den Ewigen.

Die Ewigen sind ewig! Sie sind in allen Zeiten gleichermaßen präsent, da die Zeit in ihrer Existenz überhaupt keine Rolle spielt. Es ist ein Zustand des ewigen Verharrens. Es gibt nichts zu tun, da alles bereits getan wurde und auch wieder nicht getan wurde, das hängt ganz davon ab, welcher Zustand den Fokus erhält. Man könnte auch sagen, es hängt davon ab, welcher Zustand beobachtet wird. In ein paar Milliarden Jahren, genau von jetzt an gerechnet, wird ein gewisser Herr Schrödinger, der auf einem blauen Planeten lebt, dies ebenfalls erkennen. Wesenheiten, die eine sagen wir einmal etwas trägere, in sich ruhende Kraft sind, bevorzugen meist den Fokus, der vermittelt, dass bereits alles getan wurde, was jemals getan werden könnte. Es gibt jedoch auch andere, etwas quirligere Wesenheiten, die gerne einmal alles auf Anfang stellen.

Immer wenn einer der vier Ewigen seine Wahrnehmung auf den Beginn von allem konzentriert, geschieht etwas Fantastisches! Das große Spiel des Universums beginnt! Die vier Entitäten materialisieren sich um einen Punkt im absoluten Nichts herum. Sie nehmen also in einem nicht existierenden Raum ihre Positionen ein. In einer Zukunft, die etwa in 13,7 Milliarden Jahren von diesem Zeitpunkt aus gesehenen entstehen könnte, könnte man folgenden Vergleich heranziehen. Auf dem Planeten Q1S1200-323-769P3 betreiben die Bewohner eine Sportart, bei der sich vier Kontrahenten in die vier Ecken eines Quadrates stellen. Nachdem die lokale Matriarchin den Gong geschlagen hat, beginnen die männlichen Exemplare der

Spezies, sich gegenseitig so lange mit einem Knüppel zu verdreschen, bis nur noch einer übrig ist. Der glückliche Gewinner des Wettstreits darf zur Belohnung den Rest seines Lebens der Matriarchin als Diener gefällig sein, was für den Delinquenten selbstverständlich eine große Ehre ist! Die Ewigen kämpfen jedoch nicht selbst gegeneinander, sondern nehmen lediglich Einfluss auf die Entwicklung von allem, was in ihrem Quadranten existiert. Die Einflussnahme unterliegt jedoch strengen Regeln, damit das Spiel seinen Reiz nicht verliert.

Etwas strömte in das Nichts. An vier Punkten im nicht existierenden Raum bildete sich ein diffuser Nebel, Magnetfelder entstanden um jedes einzelne Gespinst herum. Elektrische Ladungen bauten sich auf und wurden schnell stärker. Eine Art Suppe entstand. Und obwohl im absoluten Nichts, in dem noch nicht einmal ein Vakuum existierte, keine Zeit vergehen konnte, benötigten die Entitätensuppen trotzdem eine gewisse Zeit, um sich von der Suppe mehr hin zu einer Hühnerbouillon zu entwickeln. Eine Entität besteht nämlich aus geballtem Leben, genau wie eine heiße Hühnerbouillon! In einer Entität vereinen sich unzählige Milliarden von Bewusstseinskonstrukten, die in einer linearen Zeitlinie auch als einzelne Individuen existieren können. Die einzelnen Individuen sind jedoch durch eine geisterhafte Fernwirkung permanent mit der Entität verbunden. Bei Fehlern in der Datenübertragung zwischen Entität und Individuum können zeitversetzte Lebensinhalte in Form von Erinnerungen an das Individuum übertragen werden, die erst im späteren Verlauf seiner Existenz eintreten. Diese Übertragungsfehler werden als Déjà-vus bezeichnet und veranlassen einige Individuen dazu, sich esoterischem Hokuspokus hinzugeben. Einige beginnen nun an Bergkristallen zu nuckeln und andere fallen plötzlich der Überzeugung anheim, dass sie ohne Aluminiumfolienhut nicht mehr das Haus verlassen können. Es wäre ja auch zu einfach, wenn man akzeptieren würde, dass es bei der interdimensionalen Datenübertragung aus einem Zustand des linearen Zeitverlaufes in eine zeitlose Dimension bei einem expandierendem Universum, wahnsinnig schnell fliegenden Galaxien, kosmischen Magnetstürmen und galaktischen Strahlungsausbrüchen zu einer kleinen Störung kommen kann.

Die vier Entitäten materialisierten sich um einen Punkt in ihrem Zentrum. Als die Entitäten sich vollständig in die 13. Dimension transferiert hatten, beobachteten sie, wie sich in einem winzigen Punkt im Zentrum ein Vakuum bildete. In ihm begannen Vakuumfluktuationen den Punkt mit Energie zu füllen. Ein Wesen, das einer linearen Zeitlinie unterworfen ist, würde nun erwarten, dass dieser Vorgang eine unvorstellbar lange Zeit in Anspruch genommen haben muss. Der Punkt, die Singularität, erhielt ihre Energie jedoch in einem einzigen Moment, denn die Zeit existierte einfach noch nicht, so konnte auch keine vergehen. Die Entitäten hatten einige Parameter festgelegt, die innerhalb der Singularität gelten sollten. Sie hatten zum Beispiel festgelegt, wie schnell sich das Licht bewegen durfte und wie stark die Gravitation wirken durfte, sowie einige andere Dinge, die später noch wichtig werden würden.

Die Singularität beschloss an einem bestimmten Punkt, dass es nun Zeit wäre zu explodieren. Um dann später einmal Wesen hervorbringen zu können, die ihrerseits denken, dass die Expansion schon eine tolle Sache ist, die sie am eigenem Leib erfahren wollen. Wer möchte sich nicht einfach einmal so fühlen wie das Universum? Zuerst war die Singularität winzig, so klein, dass kein Auge sie hätte wahrnehmen können. Selbst ein Hund, den man auf das Aufspüren von Singularitäten abgerichtet hätte, hätte diese nicht erschnüffeln können. Die

Singularität explodierte. Die Ausdehnung war enorm, sie hatte nun etwa die Größe einer Murmel, mit der Menschenkinder eines fernen Tages einmal spielen würden. Wieder benötigte die Singularität einen Moment von etwas, das es überhaupt noch nicht gab, nämlich Zeit. Neue Energie musste in die kleine Blase hineinfließen, um den Unterdruck im Vakuum zu überwinden und erneut einen Expansionsschub auszustoßen. Dieser Vorgang der Ausdehnung würde sich nun so lange fortsetzen, bis genügend Energie innerhalb der Blase wäre, sodass die Gravitation sämtliche Ambitionen für weitere Expansion verlieren würde und sich sämtliche Energie wieder zurück in die Singularität bewegen würde. Dies ist dann auch üblicherweise der Moment, an dem das Spiel der Entitäten beendet ist. Zwischen dem Beginn der Expansion und der vollständigen Kontraktion liegen jedoch einige hundert Milliarden Jahre, in denen innerhalb der Blase, die ihre Bewohner liebevoll Universum nennen, die verrücktesten

Dinge geschehen. Für diejenigen Bewusstseinskonstrukte, die keinen engeren Bezug zur Physik und dem Baukasten des Universums haben, sei an dieser Stelle kurz erwähnt, dass Energie und Materie dasselbe sind! Das gilt übrigens auch andersherum für Materie und Energie. Auf einem Planeten, den seine Bewohner Erde genannt haben, wird einmal ein Stein existieren, der diesen Zusammenhang recht gut erklären kann. Offen gesagt ist dem Erzähler an dieser Stelle nicht ganz klar, wie ein Stein dies bewerkstelligen können wird, aber dem war trotzdem so. Was soll man auch von einem Planeten halten, der Erde heißt? Diese bekloppten zweibeinigen Dinger hätten ihn genauso gut Dreck nennen können. Präziser wäre jedoch Dreck mit Wasser gewesen, also Matsch.

Kapitel 2 – Die Spieler

Spieler 1: Gaia

Die Entität, die sich Gaia nennt, sieht sich als vollständigen Zyklus, der aus Muttergottheit und Todesgottheit in einem ihrer Bedeutung nachkommt. Die Bewusstseinskonstrukte, die mit ihr verbunden sind, verehren sie als Schöpferin, Erbauerin, Lebensspenderin und als Rächerin.

Herrscherin über den Quadranten 1 (Q1)

Spieler 2: Freya

Die Entität Freya wird als Göttin der Liebe und der Fruchtbarkeit verehrt. Ihre Bewusstseinskonstrukte sehen in ihr das Glück und den immer wiederkehrenden Frühling. Sie wird ebenfalls als Lehrerin des Zaubers verehrt.

Herrscherin über den Quadranten 2 (Q2)

Spieler 3: Moira

Die Entität, die Moira genannt wird, ist das personifizierte Schicksal. Sie greift gerne einmal sehr konkret in die Existenzen ihrer Bewusstseinskonstrukte ein. Sie vermittelt Sicherheit und Geborgenheit, die Gewissheit, unter dem Schutz der Göttin zu stehen, ist das größte Glück für ihre Bewusstseinskonstrukte.

Herrscherin über den Quadranten 3 (Q3)

Spieler 4: Nerthus

Die Entität, die sich Nerthus nennt, wird als bodenständige Göttin verehrt. Sie erdet und gilt als Terra Mater (Mutter Erde). Sie steht für Rechtschaffenheit, Fleiß, harte ehrliche Arbeit, aber auch Standfestigkeit und Unnachgiebigkeit im Kampf.

Herrscherin über den Quadranten 4 (Q4)

Kapitel 3 - Das Regelwerk

Ziel des Spiels

Ziel des Spiels ist es, eine alles dominierende Rasse von Bewusstseinskonstrukten heranzuzüchten, die ihr Herrschaftsgebiet über alle vier Quadranten ausdehnen kann.

Optionale Singbedingungen

In seltenen Fällen entwickeln sich die dominanten Bewusstseinskonstrukte mental so weit, dass sie selbst gemeinsam zu einer Entität werden können.

Die Spielregeln

1. Die Spieler teilen das Universum in vier Viertel unter sich auf. In jedem der Quadranten befindet sich genügend Energie, um 100 Milliarden Galaxien mit je 100 Milliarden Sonnensystemen entstehen zu lassen. Je nachdem, wie geschickt die Entitäten dabei sind, die dunkle Materie zur Bildung von Galaxien und Galaxienhaufen einzusetzen. Diese Phase in der Entstehung des Universums kann man leicht mit einem Abendschule-Kurs „Töpfern für Anfänger" verwechseln. Auf dem Planeten Matsch – na gut, auf der Erde machten sich im zwanzigsten Jahrhundert (einer überaus fragwürdigen Zeitrechnung) die großen Denker der Physik so manchen Gedanken, was es mit der dunklen Materie auf sich haben könnte. Bis jene Denker endlich verstehen, dass die dunkle Materie das Plastik der Entitäten ist, mit dem sie Galaxien-Förmchen anfertigen, werden noch viele Jahrhunderte vergehen. Der große Durchbruch

wird erst im Jahre 2535 gelingen, nachdem ein gewisser Jokus, der in frühen Jahren ein echter Sandkasten-Rocker war, sich mit dem Thema beschäftigt haben wird. Es besteht jedoch kein verwandtschaftliches Verhältnis zum Gott Jokus, der in einer Metropole am Rhein sehr verehrt wird. Scheinbar wurde der eine Jokus, der auf dem „Finther Berg" wohnte, lediglich nach dem anderen benannt. Sein Ausspruch „Ei gude, ich bin de Jokus un hät do mol e Idee gehabt" ging hingegen in die Geschichte von Matsch ein.

2.   Eine   Wechselwirkung   zwischen   den Dimensionen darf nur über dunkle Materie, dunkle Energie oder Gravitonen erzeugt werden. Man   könnte   es   mit   galaktischem   Billard vergleichen, bei dem man mit sehr schweren unsichtbaren Kugel spielen kann oder mit unzähligen winzig kleinen, die kaum bemerkt werden. Die Kunst Wechsel zu wirken besteht folglich darin, die richtige Art von Kugel zu verwenden.

3. Die Spieler dürfen keine Bündnisse untereinander eingehen. Wird der Quadrant des Spielers erobert oder zerstört, hat er das Spiel verloren. Hier gilt das uralte Highlander-Prinzip, welches in etwa 13,7 Milliarden Jahren erfunden wird, „es kann nur einen geben".

4. Das Spiel muss gewonnen worden sein, bevor die Entropie das Universum kollabieren oder zerfallen lässt. Abzuwarten, wessen Atome zuerst in Strahlung zerfallen, hat zweifellos auch seinen Reiz, ist jedoch für ein echtes Strategiespiel ein wenig zu langweilig.

5. Dies ist vermutlich die wichtigste Regel von allen. Es darf nur auf den eigenen Quadranten Einfluss genommen werden! Der Spieler kann jedoch an seiner Grenze die Entstehung einer Supernova oder eines schwarzen Loches unterstützen, um auf der anderen Seite der Grenze einen Planeten zu grillen. Der Spieler darf natürlich auch eine ganze ausgebrannte

Galaxie auf Kollisionskurs schicken, um beim Nachbarn für etwas Bewegung zu sorgen. Das ist jedoch in der Regel keine gute Idee, da der Spieler dadurch an Energie beziehungsweise Masse verliert und sich beim Gegenspieler eine neue größere Galaxie bilden kann.

Kapitel 4 - Der Spielplatz

Innerhalb der Blase breitet sich der Spielplatz der Götter weiter aus. Die Blase explodiert in Schüben immer weiter, unaufhörlich. Zumindest so lange, bis sie in einigen Hundert Milliarden Jahren die kritische Masse erreichen wird und wieder zu kollabieren beginnt. Mit dem nächsten Expansionsschub, der das gerade entstehende Universum bereits jetzt schon erzittern ließ, brach die vierte Dimension, die Dimension der Zeit, in die Blase. Von diesem Moment an kann man von Zeitrechnung sprechen. Gut, es gab noch nichts innerhalb der Blase, das die Zeit wahrnehmen konnte, aber das würde ja nicht so bleiben. Zum Glück gab es noch keine Immobilienmakler, denn das Zuhause der zukünftigen Bewohner war zwar schon recht geräumig, die Quadratmeterpreise wären jedoch wirklich astronomisch gewesen. Die Nebenkostenabrechnung hätte jedoch den solventesten Mieter geschockt. Denn dummerweise hatte irgendjemand die Heizung auf eine Zimmertemperatur von etwa elftausend Grad gestellt.

Mit der konstanten Ausdehnung des Raumes innerhalb der Blase sank die Temperatur, Atome bildeten sich und die ersten kosmischen Nebel konnten entstehen. Unter dem Druck der dunklen Materie verklumpten die Wasserstoffnebel schnell zu den ersten Sternen. Das Licht im Universum wurde eingeschaltet.

Schaut man sich so eine Sonne einmal aus einem ganz gestimmten Blickwinkel an, dann erkennt man, dass es sich bei einer Sonne lediglich um einen Backofen mit verschiedenen Betriebsmodi handelt. Gerade die ersten Generationen von Sonnen backten ständig Wasserstoff zu Helium und so weiter, bis am Ende Eisen entstand. Das war im Prinzip auch schon mal super. War jedoch der Punkt erreicht, an dem die Sonne ein lecker Küchlein aus Eisen gebacken hatte, setzten die großen Backöfen noch einen drauf und produzierten zusätzlich eine Glasur für die Eisentorte, indem sie in einer Supernova-Explosion noch einmal das letzte aus sich herausholten. Wie bei jedem hochmodernen Backofen in dieser Größenordnung wurde zum Schluss die Pyrolysefunktion aktiviert, bei der der Backofen den ganzen Dreck, der beim Backen entstanden war, in den damals noch leeren und auch recht sauberen Weltraum hinauswarf. Ja, das waren noch echte Umweltverschmutzer, doch ohne diese Dreckschleudern wäre das Universum ein klinisch reiner Ort geblieben, an dem sich kein Leben hätte entwickeln können. Bringt man nun das gerade erlangte Wissen in eine Formel, dann würde sie wie folgt lauten: $D = L$. Wobei natürlich „D" für Dreck und „L" für Leben steht. Glücklicherweise gab es unglaublich viele Sonnen, denen ein sauberes Universum absolut unwohnlich erschien. So explodierten sie munter vor sich hin und bildeten sich erneut. Aus dem ganzen Dreck bildeten sich kleinere und größere Brocken, die miteinander interagierten. Die Brocken formten sich schließlich zu Klumpen, auf denen einmal dreckliebende Kreaturen hausen können würden.

Nachdem das Universum nun ein paar Milliarden Jahre lang von unzähligen Sonnen zugemüllt wurde, begann der ganze Dreck ein Eigenleben zu entwickeln. Er verklumpte zu Planeten, Sonnensystemen, Galaxien und Galaxienhaufen. Der Spielplatz der Götter war entstanden und mit ihm bereits das erste Leben.

Kapitel 5 - Der lange Weg zu den Sternen

Auf dem Zwergplaneten Q3S0220-866-114P3 entsteht das erste Leben tief in einem Berg (UZR: 2.213.619.445[1]), an dessen Flanke eine weit verzweigte Höhle in den Berg hineinführt. In besagter Höhle trieb ein natürlich entstandener Naturreaktor sein Unwesen. Die mehr oder weniger konstante Strahlung ließ über mehrere Hunderttausend Jahre eine kristalline Struktur wachsen, die tatsächlich Jahr um Jahr komplexer wurde. Bis sie schließlich die ersten Anzeichen von Leben zeigte. In den darauffolgenden fünfzehntausend Jahren entwickelte sich die kristalline Struktur blitzschnell weiter zu einem denkendem Wesen namens Blub.

----

1 Die UZR (**U**niversum-**Z**eit-**R**echnung) begann mit der Implementierung der 4. Dimension im noch jungen Universum.

Nach einigen tausend Jahren der geistigen Reife beschloss Blub, dass er einen Gesprächspartner benötigte. Zunächst sprach er mit sich selbst, diskutierte die unterschiedlichsten Themen, indem er Für und Wider abwägte, Rede und Gegenrede führte. Blubs Verstand entwickelte sich weiter. So entstand eine zweite Persönlichkeit innerhalb der kristallinen Matrix. Nach und nach entfalteten sich weitere zahlreiche Persönlichkeiten, deren Anzahl nur durch die physische Begrenzung der kristallinen Matrix beschränkt wurde. Aus dem Individuum Blub wurde eine Gesellschaft namens Blub!

Die Entität Moira, die Herrscherin über Q3, bemerkte natürlich, dass in ihrem Quadranten das erste Leben entstanden war. »Seht her, Schwestern, das ist Blub! Das erste Leben im Universum, der Punkt geht an mich!«

»Was du so Leben nennst«, entgegnete ihr Nerthus.

»Ich hoffe, dein Blub mag es mollig warm. Die

Sonne von Q3S0220-866-114P3 wird in Kürze zu einem Roten Riesen werden«, spottete Gaia. »Nur kein Neid, Schwestern, auf euren kargen staubigen Felsklumpen wird sich bestimmt auch irgendwann Leben ansiedeln.«

Blub hatte natürlich keine Ahnung davon, was er war, wo er herkam und was der Sinn seiner Existenz sein mochte, obwohl er derlei Fragen des Öfteren mit sich ausdiskutierte. Auf die Idee, dass vier kosmische Entitäten ein Spiel spielten, kam er jedoch nicht. In den vielen Jahren, die sich Blub weiterentwickelte, dehnte er sich auch räumlich immer weiter aus. Eines wundervollen Tages erreichte Blub die Oberfläche von Planet Q3S0220-866-114P3. Da Blubs Heimatwelt ein Zwergplanet ohne Atmosphäre war, traf die Strahlung seiner Sonne sowie die ungefilterte kosmische Strahlung direkt auf Blub auf. Blub spürte instinktiv, dass dies die Quelle war, von der er sich ernährte. Er, sie, es hatte die Quelle seines Lebens gefunden.

Von dem natürlichen Reaktor, der seine Strukturen geformt hatte, wusste er natürlich auch nichts. Blub entwickelte im Laufe der Zeit sensorische Fähigkeiten, mit denen es ihm möglich war, seine Umwelt wahrzunehmen. Blub war rasant gewachsen und durchdrang mittlerweile den gesamten Zwergplaneten. Seine sensorische Wahrnehmung hatte sich immens verbessert und die unzähligen Persönlichkeiten in ihm diskutierten permanent über die Bedeutung der empfangenen Signale. Blub bemerkte den Zuwachs an Strahlung und dachte so bei sich *hm, lecker*.

Die Sonne, um die sich der Planet Blub bewegte, hatte ihren Wasserstoff aufgebraucht und begann nun Helium zu fusionieren. Sie wurde zu einem Roten Riesen, blähte sich auf, verschluckte den Zwergplaneten namens Blub und verspeiste so das erste und einzige Leben im Universum. Blub.

Nach Blubs Auftauchen und Vergehen blieb das Universum noch eine ganze Weile unbelebt. Erst als die zweite, dritte und vierte Generation Sonnen entstand, boten sie genug Stabilität, um Leben in ihren habitablen Zonen zu ermöglichen.

Ab dem UZR-Datum 4.455.997.125 fing die Saat des Lebens nahezu gleichzeitig überall in allen vier Quadranten an zu keimen. Die Gärtner unter den zweibeinigen Bewohnern von Matsch kennen das Phänomen. Man bereitet alles vor, um eine edle Pflanze heranzuzüchten, hegt und pflegt das Beet, in dem sie gedeihen soll. Dann schließlich ist etwas zu sehen, das erste Grün bricht durch. Nach einiger Zeit bemerkt man jedoch, dass es sich bei der erblühten Pflanze nicht um die handelt, die man eigentlich wachsen sehen wollte. Aus reiner Neugier beobachtet man das Heranwachsen, um schlussendlich herauszufinden, dass es sich bei dem Gewächs um einen echten Vogelschiss-Baum handelt und von dem edlen Gewächs nicht das Geringste zu sehen ist. Jedes Wesen, das schon einmal eine solche oder ähnliche Erfahrung gemacht hat, kann nachvollziehen, wie sich die Entität Gaia fühlte, als rund 9,3 Milliarden Jahre später sich auf Matsch Kreaturen entwickelten, die auf Bäumen lebten, alles fraßen, was sie in ihr Maul bekamen, und sich gegenseitig mit ihrer eigenen Kacke bewarfen.

Als Gaia diese Wesen entdeckte, dachte sie, *hoffentlich entdecken meine Schwestern diese haarigen, stinkenden Dinger nicht*.

Einige dieser streng riechenden Baumhüpfer waren jedoch besonders dumm, wodurch sie ständig von den Bäumen fielen. Einige von ihnen waren auch noch recht faul und es war ihnen schlicht zu mühsam mehrfach am Tag wieder und wieder auf die Bäume hoch zu klettern, so begab es sich, dass sie es unterließen und sich fortan auf zwei Beinen am Boden entlang bewegten ... aber auf die zukünftigen Prädatoren von Matsch kommen wir später noch einmal zu sprechen.

In Gaias Quadranten entwickelten sich die Mattok, die Drachen und die Gorrgix als Erste zu Rassen, die nach den Sternen greifen würden. Die unfassbar vielen anderen Spezies bevorzugten es hingegen weiter in ihren Meeren zu schwimmen oder gemütlich auf irgendeiner Art von Grünzeug herumzukauen. Manche Spezies kauten auch auf den Grünzeuglutschern herum. Die gelten aber bei besonders sensiblen Geschöpfen derselben Spezies, die ihre eigene Logik haben, als böse. Wobei man an dieser Stelle nicht von Logik, sondern einem verqueren Weltbild sprechen muss. Zum Glück für die gesamte Spezies stirbt diese Gruppe jedoch schnell aus, dafür sorgte die natürliche Selektion der Evolution.

Die Mattok sind eine auf Silizium basierende Spezies, deren äußerste Schicht aus beweglichem Quarz besteht. Da auf ihrer Heimatwelt auch reichlich Sauerstoff vorhanden ist, kommt es häufig vor, dass sich auf einem Mattoker Silan bildet, dieser mit dem Sauerstoff in der Luft reagiert und sinnbildlich das feurige Temperament des Individuums in Form von Flammen, die den Körper des Mattokers umhüllen, zutage tritt. Diese besondere Fähigkeit hat dafür gesorgt, dass auf ganz Mattok der Brandschutz wirklich großgeschrieben wird.

Die Drachen sind ebenfalls eine ziemlich feurige Angelegenheit, sie haben das Zündeln jedoch vollständig unter Kontrolle. Da die feurigen Drachen sehr ungeschickt waren, haben sie im Laufe der Zeit die Fähigkeit entwickelt, Objekte mittels Telekinese zu bewegen. Was es ihnen erlaubte, beliebig filigrane Dinge herzustellen. Ihre telepathischen Kräfte entwickelten sie zeitgleich mit der Telekinese. Die Evolution hatte die Drachen mit einer legendären regenerativen Fähigkeit ausgestattet, wodurch sie quasi unsterblich waren.

In unmittelbarer Nähe von Draconia, der Heimatwelt der Drachen, entwickelten sich die Gorrgix. Zwischen den Heimatwelten der Gorrgix und der Drachen lagen noch nicht einmal tausend Lichtjahre. Nur einen astronomischen Steinwurf weit entfernt, könnte man sagen. Die Gorrgix sind ein Volk von echten Kriegern. Sie bekämpfen sich gegenseitig seit tausenden von Jahren. Ihre robusten Technologien genügen den höchsten Ansprüchen in Qualität und Langlebigkeit. Der Name Gorrgix bedeutet frei übersetzt so viel wie „draufhauen". Als ein neutraler Beobachter kommt man schnell zu der Überzeugung, dass der Name nicht treffender hätte gewählt werden können. Im Jahre 6234 der lokalen Zeitrechnung trug Ipix, einer der großen Vordenker von Ipharvis, der

Heimatwelt der Gorrgix, dem großen Kriegerrat eine neue revolutionäre Idee vor. Noch nie in der gesamten Geschichte von Ipharvis war jemand auf diesen Gedanken gekommen. Ipix hatte eine bahnbrechende Idee, die so neu, so revolutionär, so anders, so unvorstellbar war, dass es an ein Wunder grenzte, dass überhaupt jemals ein Gorrgix so eine Möglichkeit in Betracht gezogen hatte. Doch das Wunder geschah, Ipix dachte den undenkbaren Gedanken! Er als anerkannte Denker mit einer beeindruckenden Reputation erhielt die Erlaubnis, vor dem großen Kriegerrat zu sprechen. Diese Ehre erfüllte sein Herz mit Stolz. So über alle Maßen überzeugt von seiner Idee trat er vor den großen Rat und begann mit der Präsentation seiner Idee.

»Glorreiche Krieger des großen Rates, nach langen Überlegungen, wie man das Töten von Feinden effizienter gestalten kann, bin ich auf eine neue bahnbrechende Idee gekommen.«

Die Spannung unter den Ratsmitgliedern wuchs ins Unermessliche. Nicht der kleinste Laut war in dem riesigen Saal zu hören. Die Spannung stieg weiter und weiter, bis Ipix sich endlich anschickte weiterzusprechen.

»Wir können das endlose Töten und Getötetwerden mit einem Schlag beenden! Wir müssen nur den Mut und die Stärke aufbringen, alle Kämpfe einzustellen und die Waffen niederzulegen! Ich nenne es Pazifismus!«

Schweigen erfüllte den großen Saal für einen langen Augenblick. Dann brachen alle Mitglieder des Kriegerrates in schallendes Gelächter aus. Einige hielt es nicht mehr auf den harten Bänken, sie waren auf die Knie gegangen, hielten sich die Region um ihren Bauch herum, der vor lauter Lachen bereits verkrampfte und zu schmerzen begann. Doch die Schmerzen verstärkten den Lachanfall noch, sodass einige bereits auf dem Rücken lagen, ihnen Tränen über die Wangen rannen und sie sich vor Schmerzen und Gelächter krümmten. Für einige war das einfach zu viel, ihre Körper hielten der Belastung nicht mehr stand, so beschlossen einige Körper ihren Dienst einzustellen. Nach einer kleinen Ewigkeit schwoll das tosende Gelächter wieder ab, fünf Mitglieder des Kriegerrates waren verstorben. Der Vorsitzende erhob sich: »Ich verstehe! Wir sollen Humor als Waffe einsetzen! Sehr gut, Ipix, sehr gut.«

Wie schon angekündigt reihen sich die Zweibeiner vom Planeten Matsch beziehungsweise der Erde, wie sie ihn selbst nennen, später ebenfalls noch in diese illustre Runde ein. Doch während auf Mattok, Draconia und Ipharvis bereits die ersten Zivilisationen entstanden waren, hielt man nach dem Planeten Matsch vergebens Ausschau. Das Sonnensystem, in dem Matsch später einmal seine Bahnen ziehen sollte, gab es nämlich noch nicht. Die Sonne, aus deren Überresten einmal das Solsystem der Zweibeiner von Matsch entstehen sollte, war nämlich noch nicht zur Supernova geworden. Doch dieses Feuerwerk stand unmittelbar bevor.

In den anderen Quadranten bot sich dem geneigten Beobachter ein vergleichbares Bild, das Aufblühen der ersten Zivilisation war in vollem Gange.

Nun lag es nicht mehr nur bei den gerade entstandenen Zivilisationen, ob sie gedeihen würden oder nicht. Ab diesem Zeitpunkt begannen die Entitäten ebenfalls damit, in die Entwicklung einzugreifen. Am Rand von Moiras Quadranten Q3 entwickelte sich eine beeindruckende Spezies, die Dolmaids, die in ihrer technologischen Entwicklung schnell vorankamen. Dies wurde jedoch von Freya bemerkt, an deren Quadranten Q2 Moiras Gebiet angrenzte. Freya manipulierte die Schwerkraft direkt an der Grenze ihres Quadranten so, dass sich dort in einer günstigen Position sämtliche Gaswolken verdichteten und eine riesige Sonne entstehen konnte. Doch das langte Freya nicht, sie beeinflusste die Gravitation so, dass alle Materie, die in einem Radius von drei Lichtjahren existierte, in die gerade entstandene Sonne fallen würde. Freya manipulierte geschickt die Gravitation und forcierte die Entstehung eines Quasars, dessen Akkretionsscheibe perfekt ausgerichtet war und dessen Strahlungsachse direkt auf die Heimatwelt der Dolmaids zeigte. Freya erhöhte das Gravitationsniveau des Sterns weiter, bis dieser schließlich kollabierte. Er gab nun große Teile seines eingefangenen Gases wieder frei und zündete als finalen Akt die Gammastrahlenemission, die den Planeten der Dolmaids grillte, bevor seine Bewohner in der Lage waren, zu den Sternen zu flüchten.

Genauso penibel, wie Freya die Vernichtung der Dolmaids geplant hatte, so nachlässig waren die Entitäten des zweiten Quadranten bei der Abwägung der Konsequenzen, die es auf ihren eigenen Quadranten hatte. In Freyas Gebiet wurden gleich drei Spezies ausgelöscht, die Potenzial hatten. Der Bereich im All, der auf der Linie der Gammastrahlenjets lag, war über viele Lichtjahre hinweg absolut lebensfeindlich gemacht worden.

In Q4, Nerthus' Quadranten, entwickelten sich

Arachnoiden auf dem Planeten Ucheayama (Q4S044-1554-744P3/7), der sich vor allem durch sein tropisches Klima auszeichnete. Schnell wurden sie zu dem dominanten Prädator ihrer Heimatwelt. Als die Entität Nerthus dies bemerkte, war sie angeekelt von den riesigen Achtbeinern. Ihre Reaktion entging den anderen Entitäten nicht. Als Nerthus' Schwestern sahen, was Nerthus so abstoßend fand, sagten Gaia und Freya gleichzeitig: »Iiiigitt, mach das weg!«

Nerthus war ihnen schon einen Schritt voraus. Sie hatte bereits damit begonnen, die Schwerkraft im Asteroidengürtel zu manipulieren. Nerthus ließ Gravitonen gegen einen kleinen Gesteinsbrocken fließen. Dieser stieß mit größeren zusammen, die ihrerseits stießen mit noch größeren zusammen. Das setzte sich fort, bis ein Brocken von rund fünfzig Kilometern Durchmesser in Bewegung gesetzt wurde. Der Brocken war ein globaler Killer, der in nur hundertzwanzig Jahren in das

Schwerkraftfeld von Ucheayama eintreten und alles Leben mit einem Schlag auslöschen würde. Hundertzwanzig Solarperioden lang nicht auf Ucheayama zu blicken fiel den vier Entitäten nicht schwer. Den erhabenen Moment, als der Brocken auf Ucheayama einschlug und den Planeten für tausende Jahre in ein glühendes Inferno verwandelte, ließen sich die vier Entitäten jedoch nicht entgehen.

Der Planet Mattok 1 zog einsam und alleine seine Bahnen um sein Zentralgestirn. Mattoks Stern lag versteckt in einer dichten Gaswolke, die das gesamte Sonnensystem umgab. Mit bloßem Auge waren keine anderen Sterne oder Planeten zu sehen, sogar nach Asteroiden hielt man hier vergebens Ausschau. Die Mattok dachten lange Zeit, das gesamte Universum wäre auf ihr Sonnensystem und das Leben im All auf Mattok 1 begrenzt.

Als sich die ersten größeren Stämme bildeten, wurde dem jungen Krieger Mixorix klar, dass wenn er Mattok 1 erobern würde, er der Herrscher des Universums sein würde. Dieser Gedanke schoss durch seinen Körper und setzte sich in jedem einzelnen Krümel seiner mineralischen Existenz fest. *Mixorix, Herrscher des Universums*, dachte er. Ein Titel, der seiner würdig war, fand er. Jetzt galt es nur noch, die

Kleinigkeit der Eroberung von Mattok 1 schnell zu erledigen, um sich dann morgen einem anderen Tagewerk zuwenden zu können. Mixorix stand mal wieder lichterloh in Flammen, er mochte das. Er war auf den Hügel vor seinem Dorf gegangen und blickte hinab zu einem Stamm, der sich ganz in der Nähe seines Dorfes ansiedeln wollte. Mixorix beobachtete einen seiner neuen Nachbarn, der mit einem Stock in der Luft herumfuchtelte. Als er dies einen Augenblick beobachtete, begann es zu regnen. Regentropfen fielen auf den feurigen Mixorix. Jeder Tropfen, der auf seinen Körper prasselte, löste ein Zischen aus und ließ den Tropfen langsam verdampfen. Dies wiederholte sich so lange, bis Mixorix vollständig gelöscht war. Wutentbrannt stampfte er zu den seinen, griff sich einen großen Kriegshammer und überzeugte einige seines Klans, dass diesem Treiben Einhalt geboten werden musste. Da Mixorix Kumpels gerade nichts Besseres zu tun hatten, zumindest nichts, was sie wirklich tun wollten, griffen sie ebenfalls zu den Waffen und folgten Mixorix zum Dorf der bösen Regenmacher. Nachdem Mixorix den neuen Nachbarn mit seinem Kriegshammer Vernunft, also seinen Standpunkt, eingehämmert hatte, war das Dorf zerstört und die Besiegten begeistert von den fortschrittlichen Ideen, wie eine gute Nachbarschaft funktionieren konnte. Von diesem beispiellosen Erfolg in seinen Ansichten bestätigt, machte sich der Feurige auf die Welt zu erobern und die unterworfenen Stämme waren bereit ihm zu folgen. Mit diesem glorreichen Tag begann die Zeitrechnung nach Mixorix.

Die Drachen lebten auf Draconia (Q1S551-654-211P3/10). Sie dominieren ihre Heimatwelt, obwohl sie echte Veganer sind, was ja schon in sich ein Widerspruch ist. Ihre feurige Art hat schnell dazu geführt, dass sich über kurz oder lang sämtliche Prädatoren in Grillgut verwandelt haben. Die Drachen verfügen über eine geradezu legendäre Regenerationsfähigkeit, was sie quasi unsterblich macht. Da sie sehr groß und unbeholfen sind, aber über einen außergewöhnlich scharfen Verstand verfügen, haben sie im Laufe von vielen, vielen Solarperioden die Fähigkeit der Telekinese entwickelt. Jede Kreatur im Universum, die diese Fähigkeit nicht besitzt, denkt zwangsläufig, dass so etwas unmöglich ist. Doch wenn man erst einmal verstanden hat, dass der Geist eines Bewusstseinskonstruktes in seinem Körper gefangen ist und der Geist der Kreatur dennoch seine Gliedmaßen steuern kann, kann man durchaus davon sprechen, dass der Geist die Materie kontrolliert, in der er gefangen ist. Was innerhalb eines Körpers möglich ist, ist selbstredend auch außerhalb möglich! Es gibt natürlich denkende Kreaturen, deren Intellekt derart verkümmert ist, dass sie diese Möglichkeit kategorisch ausschließen. Diese armen verwirrten Dinger, von Individuen kann man hier kaum sprechen, lehnen grundsätzlich alles ab, was sie nicht verstehen. Also fast alles. Als eine Art Ausgleich für ihren fehlenden Verstand wenden sie sich einer wie auch immer gearteten Religion zu, behaupten alles besser zu wissen und in direktem Kontakt mit dem Schöpfer zu stehen. Auf vielen Welten werden Kreaturen, die behaupten mit nicht existierenden Wesen zu sprechen in psychiatrischen Anstalten gehalten, bei denen der Bewegungsfreiraum stark begrenzt ist. Dies stört die Kreaturen jedoch überhaupt nicht, da sie viele bunte Pillen bekommen, die ihnen ein dümmliches Grinsen verschaffen.

Die Drachen haben sehr früh verstanden, dass es von essenzieller Wichtigkeit ist, kurzen Arbeitsphasen sehr ausgedehnte Ruhephasen folgen zu lassen. Da sie auch zu faul geworden waren, um längere Konversationen zu führen, entwickelten sie die Fähigkeit der Telepathie. So entwickelten sich die Drachen sehr langsam weiter. Sie lebten Millionen Jahre lang im Einklang mit der Natur. Sie vermehrten sich, zwar geschah dies ebenfalls sehr langsam, jedoch stetig. Da jedoch keine Drachen mehr starben, erkannten sie, dass etwas Grundlegendes geschehen musste, um der Überbevölkerung etwas entgegenzusetzen. So beschloss die Gesellschaft der Drachen, eine explorative Rasse zu werden. Keine fünfhundert Jahre später wurde die erste orbitale Raumschiffswerft fertiggestellt.

Die Heimatwelt der Gorrgix lag nur einen galaktischen Steinwurf von der Heimatwelt der Drachen entfernt. Auf Ipharvis (Q1S541-554-276P4/8) herrschte die Kriegerelite über den Planeten. Die Entwicklung der Gorrgix ging nur langsam voran, da es nur wenige Wissenschaftler in ihren Reihen gab. Ähnlich wie auf Mattok 1 machte sich auch auf Ipharvis ein Krieger an die Aufgabe, seine Welt zu erobern. Viele wagten den Versuch und scheiterten. Erst als Muk aus dem Klan der HakHak Anführer seines Klans wurde, besiegte er im Jahre 699 nach Klangründung den letzten feindlichen Klan. Mit der Eroberung aller Klans und deren Territorien vereinte er so seine Heimatwelt. Nach tausenden von Jahren des Krieges kehrte plötzlich Frieden ein. Zuerst wussten die Gorrgix nicht so recht mit der Situation umzugehen, doch Muk blickte zu den Sternen des Nachthimmels und zeigte so seinen

Gefolgsleuten den Weg. Aus Kriegern wurden Denker, Wissenschaftler, Künstler, Pazifisten. Der Hang zu robusten Strukturen und drei- oder sogar vierfach abgesicherten Systemen blieb ihnen jedoch erhalten. Die Raumschiffe der Gorrgix waren extrem widerstandsfähig und die eingesetzten Technologien wurden mindestens redundant verbaut. Auf diese Weise waren die Schiffe der Gorrgix auch noch voll einsatzfähig, selbst wenn das Schiff bereits schwer beschädigt war.

Gaia war mit ihren drei Superrassen recht zufrieden. Jede von ihnen hatte das Potenzial, der Herrscher des Universums zu werden. In den Quadranten der anderen Entitäten sah es nicht anders aus. In Freyas Gebiet hatten sich sogar sechs Spezies entwickelt, die zwischen den Sternen wandeln wollten. Es war nur eine Frage der Zeit, wann Kult Vani, die Zek, Aislain, Chuknats, Bolken und Strak aufeinandertreffen würden. In den Quadranten von Moira und

Nerthus waren einige Spezies bereits im Krieg miteinander. Das große Spiel war in vollem Gange.

In einem Sternensystem, welches seine Bewohner später einmal Sol nennen würden, war inzwischen eine Sonne entstanden. Um diese Sonne herum hatte sich reichlich Müll angesammelt, der langsam anfing zu verklumpen. Für keine der Entitäten war abzusehen, dass genau hier einmal die Geißel des Universums von den Bäumen fallen würde. Für den Moment war es nur eines von vielen Sonnensystem, das gerade dabei war, seine Planeten zu bilden.

Die Gorrgix hatten sich bereits auf über hundert Welten ausgebreitet. Da sie noch keine überlichtschnellen Antriebe entwickelt hatten, dauerte die Expansion sehr lange. Zunächst entstanden nur kleine Außenposten, die langsam zu Kleinstädten anwuchsen.

Die Drachen breiteten sich ebenfalls nur langsam aus. Sie hatten nur ein einziges gigantisches Schiff, das neue Welten besiedeln konnte. Es transportierte nicht nur die Kolonisten, sondern auch eine ganze Palette an Gerätschaften, die für die neue Kolonie von Nutzen waren.

Nach 265398 Jahren der Expansion trafen die Drachen auf die Gorrgix. In den Augen der Drachen waren die Gorrgix eine primitive Rasse, die sie bei Gelegenheit in ihr Imperium eingliedern würden, so wie sie es bereits mit anderen Spezies getan hatten.

Da waren zum Beispiel die Tyxie auf Heliossos, die eine echt seltsame Art darstellten. Die Tyxie sind eine Mischung aus Pflanze, Tier und – etwas ganz anderem. Sie haben eine runde Form, schweben einfach in der Luft herum, betreiben Fotosynthese wie eine Pflanze und kommunizieren miteinander, indem sie

Lichtblitze aufeinander abfeuern. Die Drachen vermuten, dass jeder einzelne Tyxie Teil eines kollektiven Geistes wird, sobald viele von ihnen zusammenkommen und diese mit dem Feuerwerk anfangen. Junge Drachen, die erst ein paar Hunderttausend Jahre alt sind, spielen gerne mit den Tyxie ein Spiel namens Tyxie-Ball. Dabei muss der Spieler mit einem Schläger, an dessen Ende ein Tuch zwischen einer mit Holz umfassten Schlagfläche angebracht ist, versuchen, den Tyxie in eine runde Öffnung in der Spielfeldmitte zu katapultieren. Der Punkt zählt aber nur, wenn der Tyxie mit so viel Schwung in die Öffnung geballert wird, dass er durch die dahinterliegende Spirale, die ganze zwei Windungen umfasst und nach oben führt, durchquert und am oberen Ende wieder herauskommt.

Zu diesem Zeitpunkt war der Planet Matsch ein tropisches Paradies, welches von riesigen Kreaturen, die später einmal Dinosaurier genannt werden würden, bevölkert war. Diese blau und grün leuchtende Perle im Dunkel des Universums war der Entität Gaia bereits aufgefallen. Dieser Planet bot seinen Bewohnern ein schier unglaubliches Potenzial. Jahrmillionen vergingen, ohne dass sich die Dinosaurier oder eine der anderen Spezies weiterentwickelten. Gaia wurde ungeduldig, sie würde die blaue Perle im Auge behalten. Als nach weiteren fünf Millionen Jahren keine Weiterentwicklung zu beobachten war, traf die Entität eine Entscheidung. Dunkle Materie sammelte sich an mehreren Punkten im All. Sie sollte die Gravitation im Asteroidengürtel nur leicht verändern. In 312 Jahren würde so ein Brocken von rund zehn bis elf Kilometern Länge aus seiner stabilen Umlaufbahn gebracht werden. In weiteren 56 Jahren würde er auf einen Kollisionskurs mit der blauen Perle einschwenken und den Dinosauriern einen echt miesen Tag bescheren.

In den folgenden Jahrmillionen breiteten sich die ersten Reiche langsam aber stetig aus. Doch das Universum war gigantisch in seinen Ausmaßen, so kamen sich die ersten Imperien kaum in die Quere. Mit der Zeit entwickelten sich jedoch immer mehr Reiche, die interstellare Expansion betrieben. Als das Universum 13,7 Milliarden Jahre geworden war, zumindest aus der Sicht der Bewohner von Matsch, hatten sich in den fast vierhundert Milliarden Galaxien im Schnitt etwa 40000 raumfahrende Zivilisationen in jeder Galaxie entwickelt. Das ist eine Zahl mit so vielen Nullen, dass man bei ihrem Anblick sofort an eine Ansammlung von Regierungsvertreten denken muss.

Einige der fortschrittlichen Zivilisationen haben es geschafft, sich selbst auszurotten. Die Lory zum Beispiel haben sich selbst ausgerottet, als sie ein weißes Loch auf dem Planeten zur Energieerzeugung erschaffen wollten. Sie hatten eine riesige Anlage gebaut, die den ganzen

Planeten mit Strom versorgen sollte. Doch, wer hätte es gedacht, es ging etwas schief. Bei der Zündung sollte zunächst ein schwarzes Loch entstehen, welches von der Reaktoranlage mittels eines physikalischen Tricks sofort weiter in ein weißes Loch verwandelt werden sollte. So weit die Theorie. In der Praxis zündete das schwarze Loch nicht, als der Reaktor das Magnetfeld manipulierte. Entgegen der Theorie expandierte das schwarze Loch um das Zweieinhalbfache und schluckte zunächst Teile des Reaktors. Ab diesem Zeitpunkt war es zu groß geworden, um einfach wieder in Strahlung zu zerfallen. Von der Gravitation des Planeten angezogen fraß es sich durch den Planeten bis in seinen Kern. In kürzester Zeit verleibte es sich den gesamten Planeten ein. Zurück blieb nur eine schwarze Murmel, die so schwer war wie ein ganzer Planet, und eine Entität namens Freya, die sich mit der flachen Hand gegen die Stirn schlug, als sie dem Elend zusah.

Anderenorts im Universum vernichteten sich die Tued, indem sie sich mit Atomwaffen den Garaus machten. Die Eloh nutzen dazu lieber Fusionswaffen, die zwar keine Strahlung hinterließen, jedoch den Planeten in Stücke rissen. Es gab eine ganze Reihe Spezies, die mit gewissen Startschwierigkeiten zu kämpfen hatten. Dazu zählten auch die Menschen auf dem Planeten Matsch – okay, der Erde. Obwohl die Bezeichnung Dreck mit Wasser viel treffender ist! Die Menschen aus dem Solsystem schlitterten in ihrer Entwicklung an so ziemlich jeder nur erdenklichen globalen Katastrophe mit einer unfassbaren Glückssträhne vorbei. Dabei waren die Bewohner von Matsch derart dumm, dass man eigentlich ein besseres Wort dafür erfinden müsste. Man kann es sicherlich so auf den Punkt bringen, dass man sagen kann: Wenn Dummheit wehtun würde, wäre die Erde als der schreiende Planet bekannt!

Das beste Beispiel ist die Freiheit, für die die

Bewohner von Matsch absolut alles tun. Zuerst lebten die Menschen in Leibeigenschaft und Sklaverei. In diesem System gab es eine Herrscherfamilie und alle anderen machten brav, was von ihnen verlangt wurde. Die Sklaven mussten sich um nichts kümmern und der Herrscher sorgte für deren Wohlergehen. Es gab aber Sklaven, die dieses Rundum-sorglos-Paket ablehnten und sich lieber selbst um alle Belange des täglichen Lebens kümmern wollten. Dummerweise waren diese Typen charismatische Bewusstseinskonstrukte, die andere, die noch dümmer waren, leicht beeinflussen konnten. So kam es immer wieder zu Aufständen, die normalerweise brutal niedergeknüppelt wurden. Bis zu dem Tag, an dem ein echtes Genie eine bahnbrechende Idee hatte. Dieses Genie hieß Bauchix! Seine Idee würde den Aufständischen ein für alle Mal zeigen, wer der Herr im Hause war. Bauchix gab den Sklaven die Freiheit, für die so viele von ihnen bereits gestorben waren. Von nun an mussten die freien Männer und Frauen jedoch für ihre Unterkunft und ihr Essen bezahlen. Glücklicherweise hatte der Herrscher gerade ein paar freie Arbeitsplätze übrig, bei denen die ehemaligen Sklaven genau den Betrag verdienen konnten, der für ihre Unterkunft und Verpflegung anfiel. Das von Bauchix eingeführte System der Freiheit wurde blitzschnell von den anderen Herrscherfamilien übernommen. In kürzester Zeit setzte sich dieses einfache, aber geniale System der Freiheit fast überall auf Matsch durch. Zugegeben, es gab tatsächlich Regionen auf Matsch, in denen die Zweibeiner der Meinung waren, dass diese Idee außerhalb ihrer Relevanzparameter liege. Diese Zweibeiner waren aber auch der Ansicht, dass zu viel denken das Gehirn abnutzt. Dies war letzten Endes der Grund dafür, dass sie dieses revolutionäre System bis zum heutigen Tag nicht verstanden haben, aber das ist eine andere Geschichte.

Kapitel 6 - Die interstellaren Imperien

Mit der Expansion und der Ausdehnung der interstellaren Imperien wurde die Notwendigkeit von immer besseren, schnelleren Antrieben zunehmend sichtbarer. Waren die ersten Raumschiffe noch mit chemischem Antrieb, Solarsegel und Ionenantrieb ausgestattet, die zur ersten Generation von Antrieben gehörten, wurde bereits an der nächsten und übernächsten Generation gearbeitet beziehungsweise geforscht. Gegenüber Antrieben der ersten Generation, bei denen die Reise zum nächsten Sternensystem fünfzig, hundert oder gar zweihundert Solarperioden andauern konnte, war die Reise mit den überlichtschnellen Antrieben ein echter Fortschritt. Die überlichtschnellen Antriebe nutzten die Technik der Raumzeitverzerrung, um ein Schiff auf mehrfache Lichtgeschwindigkeit zu bringen. Wobei es zwei Varianten dieses

Antriebs bei allen der frühen interstellaren Imperien gab. Dies resultierte einfach aus dem Verständnis für Physik, denn ohne fundierte Kenntnisse über die Funktionalität der Raumzeit war die Reise zwischen den Sternen und die Besiedlung des Weltalls nicht möglich. Für Transportschiffe, die zum Beispiel nur zwischen Raumstationen hin- und herflogen, also in bekanntem Gebiet unterwegs waren, wurde der Ereignis-Horizont-Antrieb eingesetzt. Der dehnte oder stauchte die Raumzeit einfach so, wie er es brauchte, um von Punkt A zu Punkt B zu gelangen. Der Nachteil dieses Antriebs lag jedoch darin, dass beide Punkte und alles dazwischen bekannt und frei von Hindernissen sein musste, sonst würde der Sprung in einer Katastrophe enden. Für alle anderen Schiffe war der Warpantrieb die bessere Wahl. Auch bei diesem Antrieb bewegte sich das Schiff eigentlich nicht, sondern nur die Raumzeit um es herum. Auf diese Weise entstand keine Zeitdilatation, wenn sich die Schiffe quasi mit

Überlichtgeschwindigkeit bewegten.

Für eine Expansion, die eine ganze Galaxie oder sogar das ganze Universum umfassen sollte, war jedoch ein noch weitaus schnellerer Antrieb notwendig. Wer hat schon Lust, ein paar Milliarden Jahre lang zu fliegen, nur um die nächste Spezies zu unterwerfen. Die dritte Generation von Antrieben konnte mit der ersten und zweiten Generation kombiniert werden, denn Antriebe der dritten Generation öffneten lediglich einen Korridor, der durch eine Phasenvarianz erzeugt wurde und direkt in den Subraum führte. Im Subraum selbst konnte dann ein gewöhnlicher Warpantrieb auf hundert Millionen Lichtjahre am Tag beschleunigen. Die Navigation im Subraum war jedoch genauso kompliziert, wie der Antrieb schnell war.

Auf Draconia war man sich der Prämisse sehr bewusst, obwohl sie für die Drachen, die quasi unsterblich waren, keine übergeordnete

Relevanz besaß. Die Notwendigkeit, schnell eine große Entfernung zurückzulegen, bestand jedoch schon hin und wieder. So begab es sich, dass zwei Drachen versuchten, der Problematik eine Lösung entgegenzustellen. Die zündende Idee hatte eine Wissenschaftlerin namens Viviy, die im Jahre 13.635.554.185 (UZR) dimensionale Phasenübergänge erforschte. Viviy war tatsächlich die erste Kreatur im gesamten Universum, die glaubte, einen Zugang zum Subraum entdeckt zu haben. Sie war Physikerin und an manchen Stellen fehlten ihr die mathematischen Fähigkeiten, um ihre Formeln aufzustellen und zu berechnen. In solchen Fällen wandte sich Viviy an ihren Freund VanSiggi, der ein echter Zahlenzauberer war. Wie schon so oft fragte sie ihn: »Kannst du mir bei einem Problem helfen?«, worauf er immer antwortete: »Klar, wie groß soll es denn werden?«

Viele tausend Jahre, nachdem Viviy, die Wissenschaftlerin der Drachen, den Subraumzugang entdeckt hatte, kam ein gewisser Jokus, der in einer Stadt am Rhein lebte, ebenfalls auf die Idee, mittels einer Phasenverschiebung hinter den Vorhang der Realität zu schlüpfen. Jokus lebte in Mainz, einer Stadt, die zur Deutschland GmbH gehörte und den Beinamen die goldene Stadt trug. Sein Personalausweis wies ihn als legitimierten Mitarbeiter aus, der direkt dem Finanzministerium unterstellt war. Nicht dass hier der Eindruck entstünde, dass unser Jokus ein Beamter des Ministeriums war. Nein, nein, Jokus war Unternehmer, Forscher, und in seiner Freizeit Teilzeitverrückter. Er arbeitete dennoch etwa zehn von zwölf Monaten im Jahr ausschließlich für das Finanzamt. Aber wenn es darum ging, eine komplett irre Idee zu ersinnen und diese mit einem völlig schrägen

Lösungsansatz zu einer gehirnverknoteten Hypothese zu entwickeln, war man bei ihm an der richtigen Adresse. An einem kalten Aprilmorgen erkannte er, wie er seine Theorie des Subraumzugangs in einem praktischen Versuch beweisen konnte. Jokus baute in den darauffolgenden sechs Wochen Tag und Nacht an seiner Phasenverschiebungsvorrichtung. Als er endlich damit fertig war, überließ er seiner Frau Sieglinde die Ehre, die Vorrichtung zu aktivieren. Seine Frau Sieglinde war hauptberuflich damit beschäftigt, Rechnungen und Werbung an alle Haushalte in ihrem Bezirk zu verteilen. Absolut professionell und mit äußerster Genauigkeit aktivierte sie die Phasenverschiebungsvorrichtung, indem Sieglinde auf einen roten Knopf drückte. Gemäß ihrer Professur stellte sie dem Subraum so ein Erdbeerfeld zu, auf dem sich noch einige Selbstpflücker die Körbchen vollmachten, während sie langsam in die Tiefen des Subraums abdrifteten. Ein Filmproduzent verfilmte kurz darauf die fesselnde Geschichte unter dem Titel „Erdbeeren im Subraum".

Als Jokus nach dem überaus erfolgreichen Testlauf seine Erfindung patentieren ließ, ordnete die Führungsebene der Deutschland GmbH die Annektierung des Patents und die Beschlagnahmung der Phasenverschiebungsvorrichtung an. Unser Jokus wäre aber kein echter Jokus gewesen, wenn er nicht auf eine derart einfältige Aktion vorbereitet gewesen wäre. Dieses Mal betätigte er den roten Knopf, nachdem er die Zielkoordinaten eingegeben hatte, selbst und bewegte sein Haus und das angeschlossene Firmengelände von der Erde zum Ganymed, einem Mond des Gasplaneten Jupiter. Auf eine so hochtechnologische Fluchtstrategie waren die Behörden nicht vorbereitet. Die hinterhältigen Technologie-Annektierer mussten zusehen, wie sich der Subraum auftrat, einen kleinen Bissen aus dem Finther Berg herausknabberte und ihnen außer einem etwa fünf Meter tiefen Loch nur noch eine Nachricht hinterließ, die da lautete: Ich habe nicht genug Mittelfinger, um meinen Standpunkt adäquat darzulegen!

Sieglinde war von dem Blitzumzug nicht begeistert. Sie redete stundenlang auf ihn ein, doch so ein Jokus ist nun auch einmal ein richtiger Kerl, der die Fähigkeit eines echten Mannes, der in einer Beziehung mit einem weiblichen Wesen seiner Spezies lebt, beherrscht, zu vergessen, während die Frau noch spricht. Als sie nach einigen Stunden von ihrem Monolog in eine Fragestellung wechselte, das war durch die veränderte Tonlage in ihrer Stimme zu erkennen, setzte Jokus seine ganze Konzentration ein, um die Frage aus den vielen Worten, die ES sprach, herauszuhören. Was er in einem »sei doch vernünftig und lass uns zurückgehen« zusammenfasste. Den ersten Teil der Frage, der einer unerfüllbaren Aufforderung gleichkam, hatte er schon öfters in einem anderem Kontext gestellt bekommen, worauf er mittlerweile eine Standardantwort formuliert hatte. Er wandte sich ganz ruhig seiner Frau zu und sagte: »Um jetzt noch vernünftig zu werden, bin ich zu alt!«

Während in der Milchstraßengalaxie, die sich in Quadrant Q1 befand und von der Entität Gaia beansprucht wurde, sich die Dinge nur recht langsam entwickelten, hatte die Entität Nerthus mehr Glück mit ihren Bewusstseinskonstrukten. Die Shainurs waren eine expansive insektoide Spezies, deren einziges Ziel die Ausbreitung ihrer Art war. Technologisch waren sie nicht besonders weit entwickelt. Den ersten Warpantrieb, den die Shainurs sahen, hatten sie auf einem Schiff der Ghescoins erbeutet. Viele Solarperioden später entwickelten die Shainurs schließlich eine sehr primitive Version dieses Antriebs, der mit ihren Schiffen kompatibel war. Sie optimierten ihre gesamte Wirtschaftsleistung auf den Bau von Raumschiffen und Raumstationen. Auf Planeten oder Monden, die nicht von den Shainurs besiedelt werden konnten, entstanden riesige Fabrikkomplexe, die alle Ressourcen des Standorts restlos verbrauchten. Gigantische Raumschiffwerften wurden in Asteroidengürteln gebaut. Jede noch so kleine Ressource wurde beansprucht und verbraucht, um das Reich der Shainurs zu erweitern. Alle Spezies, auf die sie trafen, wurden entweder als Futter oder Feind eingestuft. Die Einstufung Feind schloss aber die Einstufung Futter nicht aus!

Als Erstes trafen die Shainurs bei ihrer Expansion auf die Ghescoins, eine Spezies, die durchaus mit den Humanoiden auf der Erde verwandt sein konnte. Die Ghescoins waren jedoch von sehr zarter, fast schon zerbrechlicher Statur. Sie waren Forscher, große Denker und von Natur aus pazifistisch. Ihre Schiffe waren entgegen ihrer freundlichen Art gut bewaffnet, schnell und robust. Die Ghescoins erforschten in erster Linie die Kollision ihrer kugelrunden Zwerggalaxie mit einer zweiten, die etwa gleich groß war.

Als das erste Mal ein Schiff der Shainurs auf einen leichten Frachter der Ghescoins traf, nutzten sie die Freundlichkeit der Ghescoins aus, eroberten den Frachter und fraßen die Besatzung. Der Krieg traf die Ghescoins hart, auch wenn sie nur eine Verlustquote von 1:72 im Kampf vorzuweisen hatten. Selbst ein Bündnis mit den Rirnuns und Chaheas konnte das Blatt nicht mehr wenden. Die Shainurs strömten in einem nicht enden wollenden Fluss von Kriegsschiffen auf die Linien der Ghescoins, Welle um Welle brandete an die planetare Verteidigung, bis ihre Heimatwelt Tisara schlussendlich fiel. Die Rirnuns und Chaheas waren selbst mit vereinten Kräften nicht in der Lage, die Shainurs zu besiegen, ihre Reiche fielen schon kurz darauf. So wurde die erste Galaxie im Universum befriedet. Dieser Punkt ging eindeutig an Nerthus.

Die Schwierigkeit, Frieden in der Galaxie zu wahren, wurde den Gorrgix erst so richtig bewusst, als sie immer öfter mit den Drachen um bewohnbare Planeten wetteifern mussten. Es war für beide Seiten abzusehen, dass es früher oder später zu einem Konflikt kommen musste. Denn Welten, in denen man leben kann, sind viel kostbarer als alle Ressourcen, die man abbauen kann. Schließlich ist der Weltraum ein Ort, an dem es fast unbegrenzt Ressourcen gibt, man muss nur die Hand danach ausstrecken.

Das Schicksal nahm seinen Lauf. Ein Kolonieschiff der Gorrgix befand sich im Orbit um den Planeten Nepla 3. Die Besatzung auf dem Kolonieschiff bereitete gerade die Landung auf dem Planeten vor, als das gigantische Kolonieschiff der Drachen unter Warp fiel und ebenfalls in einen Orbit um Nepla 3 einschwenkte. Ohne Vorwarnung löste sich einer der fünf Zerstörer vom Mutterschiff der Drachen, das von seinen Ausmaßen durchaus mit einem kleinen Mond mithalten konnte. Der Zerstörer aktivierte seine Waffensysteme, Blitze zuckten durch das Schwarz des Alls. Unmittelbar danach entstand ein Feuerball, dort wo zuvor das Kolonieschiff der Gorrgix den Planeten umkreist hatte. Nachdem die Drachen die Verhandlungen mit den Gorrgix beendet hatten, leiteten sie ihrerseits die Inbesitznahme von Nepla 3 ein.

Das Kolonieschiff der Gorrgix hatte eine Videoverbindung mit Ipharvis, der Heimatwelt der Gorrgix, etabliert und die Außenkameras übertrugen das Vorgehen der Drachen in Echtzeit direkt in den Saal des großen Rates. Als die Verbindung abriss, stand der große Rat wie ein Mann auf, ballte eine Faust, streckte den dazugehörigen Arm in die Luft und brüllte KRIEG!!!

In den folgenden 9000 Jahren kämpften die

Gorrgix hauptsächlich gegen die Vasallen der Drachen. Gorrgix und Drachen trafen sich nur selten auf dem Schlachtfeld. Beide Seiten setzten autonome Schlachtschiffe ein, die völlig selbstständig feindliche Stellungen angreifen konnten. Keine der beiden Seiten konnte einen nennenswerten Fortschritt vorweisen. So zog sich der Krieg in die Länge ohne Aussicht auf ein baldiges Ende.

Balati lebte auf Ipharvis, der Heimatwelt der Gorrgix, etwa 6000 Erdenjahre, bevor Jokus das Licht der Welt erblickte. Zu dieser Zeit lebte auf Matsch ein kleines Mädchen, deren Leute sich gegen die Herrschaft der Drachen erhoben hatten. Die Dominanz der Drachen zu überwinden kostete viele von ihnen das Leben. Ihr Name lautete Antaria. Nun, da die meisten Personen tot waren, die ihr nahestanden, nahm sie das Schwert, das einst die Drachen erschaffen hatte und die Kräfte des Trägers immens verstärken konnte. Antaria konnte die

Gedanken der Drachen lesen und ihnen sogar Anweisungen erteilen. Der Geist des kleinen Mädchens war stark. Sie hatte bereits zwei Drachen alleine mit ihrem eisernen Willen getötet, indem sie ihnen befahl zu sterben. Die Drachen waren brave Drachen und gehorchten. Antaria wurde zur Kriegerin erzogen, war diszipliniert, fokussiert und unglaublich wütend. Die Drachen hatten ihr zum zweiten Mal die Familie genommen, sie würde dafür sorgen, dass so etwas nie wieder passieren würde. Auf der Lichtung, die sich auf der Halbinsel der Drachen befand, standen sie sich nun gegenüber. Ein kleines Menschenmädchen, das ein mächtiges Schwert in den Händen hielt. Ihr gegenüber standen zwanzig Drachen, von denen jeder einzelne größer war als ein Haus. Im finalen Akt zog Antaria alle Kraft, die sie bekommen konnte, aus dem Schwert und sandte einen einzigen Befehl an alle Drachen, *sterbt endlich*! Das gesamte Universum erzitterte unter dem Willen des kleinen

Mädchens. Gewaltig wie der Urknall selbst wurde der Befehl bis in den letzten Winkel des Universums getragen. Antarias Befehl ließ den Drachen keine andere Wahl als zu sterben. So beendete sie die Herrschaft der Drachen nicht nur auf der Erde, sondern in der gesamten Galaxie. Auch den vier Entitäten blieb dieses Ereignis nicht verborgen. Ein neuer Prädator betrat die Arena.

Balati, die große Anführerin der Gorrgix, fragte sich, was so mächtig war, eine Rasse Unsterblicher mit einem Schlag zu vernichten. Das musste das Werk von Göttern sein, an die sie als Wissenschaftlerin natürlich nicht glaubte. Ihre Freundin Plio sah den ängstlichen Blick Balatis, als sie die Nachricht von der Vernichtung der Drachen erreichte. »Hast du Angst vor der Dunkelheit des Alls?«, fragte sie, als sie ihrem Blick zu den Sternen folgte.
»Nein«, sagte Balati. »Ich habe keine Angst vor der Dunkelheit, sondern vor dem Bösen, das in

ihr lauert.«

Auf dem Ganymed war die Diskussion noch nicht beendet, obwohl Jokus dies bereits mehrfach annahm. Doch der Pitbull, in den sich seine ansonsten recht nette Frau verwandelt hatte, begann immer wieder von Neuem. Sie verstand einfach nicht, dass sie längst gewonnen hatte. Jokus versuchte ein weiteres Mal vernünftig mit seiner Frau zu reden und sagte: »Schatz, ich würde mich ja gerne weiter mit dir geistig duellieren aber ich sehe, du bist unbewaffnet!« Eine verdutzt dreinschauende Sieglinde entgegnete ihm: »Ich weiß, ich bin nichts für schwache Nerven! Du könntest aber auch mal etwas toleranter sein.«

»Ich bin nicht intolerant, ich bin nur nicht abwärtskompatibel.«

»Kannst du nicht einfach mal zugeben, dass dein Fluchtplan, dich auf irgendeinem Mond niederzulassen, absolut irre ist?«

»Aber Schatz, wenn ich dir jetzt recht gebe,

liegen wir ja beide falsch! Schau doch mal nach draußen, keine überfüllte Stadt, keine Abgase, kein Finanzamt, das den letzten Euro aus einem herauspresst, und so viel Garten, wie du möchtest.«

Sieglinde stemmte ihre Arme in die Hüfte und meinte ganz ruhig: »Wir haben auch keine Nachbarn, keine Geschäfte und KEINE LUFT da draußen.«

Jokus dachte nur, *irgendwas zum Meckern finden Frauen immer*. Laut fragte er: »Wie wäre es mit Io oder Europa?«

»Nein. Ich will zurück auf unseren Berg!«

»Na gut, du hast gewonnen. Du weißt aber, dass meine Erfindung dann in die falschen Hände gerät?«

»Wieso, die Regierung wird sie beschlagnahmen und das ist vielleicht auch besser so.«

»Kennst du eine Organisation, die noch unfähiger ist als die Regierung?«

»Das ist mir egal, bring uns zurück!«

Nach einigen Berechnungen war Jokus bereit,

drückte ohne Vorwarnung auf den roten Knopf und versetzte sein Haus wieder an die Stelle, an der es vor seinem kleinen Ausflug gestanden hatte. Seine Frau schaute durch das Fenster nach draußen und war sichtlich zufrieden. Jokus hingegen dachte, *ich schätze, das strahlende Leuchten in ihren Augen ist nur die Sonne, die durch ihren hohlen Schädel scheint.*

Viele Jahrtausende entwickelten sich die Mattok nur langsam weiter. Die auf Silizium basierende Spezies hatte kaum eine Motivation, nach den Sternen zu greifen, weil sie keine sahen. In dem Sternensystem, in dem sich die Heimatwelt der Mattok befand, gab es nur die Sonne und den Planeten Mattok 1. Das Sternensystem war von einer dichten Gaswolke umhüllt, durch die kein anderes Sternenlicht hindurchdrang. Deshalb dachten die Mattok sehr lange, dass ihr Sternensystem das einzige war, was im Universum existierte.

Als der junge Qupal über sich, die Welt und alles andere nachdachte, betrachtete er die gewaltige Steinkugel, die vor der Universität stand. Sie war ein Kunstwerk, das den Planeten Mattok darstellen sollte. Er betrachtete die Kugel, fragte sich, wo genau er sich im übertragenen Sinn auf der Kugel befand. Dann bezog er seine eigene

Position mit ein, weit außerhalb seiner Heimatwelt, im Bezug auf die Steinkugel, und er frage sich, wenn es ein Außerhalb der Steinkugel gab, gab es vielleicht auch ein Außerhalb von dem, in dem sich die Steinkugel befand. So formte sich sein Verlangen, an den Rand seines Universums zu reisen, das aus seiner Perspektive etwa in einer Entfernung von 1,2 Lichtstunden zu finden war.

Seit jenem denkwürdigen Tag jagte der junge Qupal der fixen Idee hinterher, eines Tages den Rand seiner Welt zu erreichen. Jede Technologie, die ihn näher an sein Ziel brachte, war ihm recht. Seine Bemühungen wurden schnell bekannt und kaum eine Solarperiode später war ganz Mattok von der Idee fasziniert. Durch den Wissensdrang, den Qupal an den Tag legte, befeuerte er die Entwicklung auf allen Forschungsgebieten. Nach etwas mehr als fünfhundert Solarperioden war es nun so weit, eine ausgewählte Gruppe Mattok verließ zum ersten Mal ihren Heimatplaneten. Diese Gruppe sollte jedoch nicht bis zum Rand ihres Universums vordringen, sondern nur erste Daten sammeln, die für den Bau des Schiffes „Randflug" benötigt wurden.

Auf dem Planeten Matsch oder der Erde, wie ihn die Einheimischen nennen, ging alles seinen gewohnten Gang. Nachdem unser Jokus von seinem kleinen Ausflug zum Ganymed zurück war, baten ihn die Schergen der Deutschland GmbH freundlichst um ein Gespräch. Sie schickten sogar einen Wagen, der unseren Helden abholen sollte. Die Schergen traten mitten in der Nacht die Tür ein, prügelten mit Knüppeln auf den noch im Halbschlaf befindlichen Jokus ein und zerrten ihn in den extra für ihn bereitgestellten Wagen. Einer der Schergen konnte sprechen und fragte: »Wie gefällt das deinen Mittelfingern?«

Als Jokus wieder erwachte, befand er sich in einem Raum, der stark an einen Bunker erinnerte. Kurz darauf kamen zwei der Schergen mit etwas zurück, das wohl eine Frau sein mochte, doch vorstellen wollte man(n) es sich nicht. Denn sie füllte den Türrahmen fast zur Gänze aus, als sie hindurchtrat. Der Schrank knallte ein Blatt Papier und einen Stift auf den Tisch und sagte: »Unterschreibe, du arbeitest jetzt für uns.«

»Äh, nö!«

»Jokus, du weißt doch, ein Mann muss tun, was ein Mann tun muss, und eine Frau wird ihm sagen, was das ist. In deinem Fall bin ich diese Frau.«

»Was, du bist eine Frau? Haha, und ich dachte schon, den Jungs ist ein Genexperiment abhanden gekommen.«

Sie sah ihn mit einem Blick an, der töten konnte.

»Ich habe schon eine Frau zu Hause, mein Bedarf an Regierungsstrukturen ist voll abgedeckt.«

»Ich habe dir keine Frage gestellt, sondern eine Anweisung gegeben!« Sie wandte sich den Schergen zu: »Helft ihm zu unterschreiben.«

Die Schergen taten, wie ihnen befohlen wurde.

»He, Jungs, langsam. Ich heiße Jokus mit einem J vorne, nicht Lokus!«

»Ich bin Generalleutnant Titika...« Noch bevor sie zu Ende sprechen konnte, brach Jokus in schallendes Gelächter aus. Selbst die Schergen hatte alle Mühe, nicht in sein Gelächter einzustimmen. Einer biss sich auf die Lippe, der andere auf die Zunge, doch das breite Grinsen konnten sie nicht unterdrücken. Weitere tödliche Blicke schossen durch den Raum. Titika kochte vor Wut.

»He, Titi, der Name unterstreicht wirklich deine Weiblichkeit«, machte sich Jokus weiter lustig. Die Schergen hatte vor Lachen Tränen in den Augen. Der Schrank, der vielleicht eine Frau war, packte Jokus mit einer Hand im Genick und zerrte ihn aus dem Raum hinaus. »Ich bringe dich zu deinem neuen Labor, aber zuerst brauchen wir noch eine DNA-Probe.« Kaum, dass sie die Worte ausgesprochen hatte, trat eine junge Frau an die beiden heran und entnahm Jokus eine Blutprobe. »Beginnen Sie sofort mit der Digitalisierung seiner DNA und starten den Kopiervorgang«, befahl Titika.

»Jawohl, Generalleutnant!«

»Kopiervorgang?«, wiederholte Jokus in einem fragendem Unterton Titikas Befehl.

»Für ein Genie bist du nicht besonders helle, was? Mit deiner digitalisierten DNA füttern wir unseren DNA-Generator in Kombination mit dem Zellenregenerator und einer anderen streng geheimen Vorrichtung, um mehr von deiner Sorte herzustellen.«

»Ah, verstehe. Ihr habt wohl kein großes Vertrauen in unser Schulsystem.«

»Stell dir doch mal vor, wir hätten diese Technologie bereits zu Einsteins Zeit gehabt, wer kann sagen, über welche bahnbrechenden Erkenntnisse wir heute verfügen würden. Jetzt müssen wir halt mit dir vorliebnehmen.«

Nach einigen Monaten hatte sich Jokus^0, wobei die 0 besagte, dass diese Version das Original darstellte, in seinem Labor eingelebt und war auch mit seiner Situation recht zufrieden, denn er konnte nach Herzenslust auf allen Gebieten forschen, die ihm in den Sinn kamen. Einzig die Besuchsregelung für seine Frau Sieglinde war nicht wirklich zufriedenstellend geregelt. Jokus^0 forschte zurzeit an schwarzen Löchern. Er hatte die Hypothese aufgestellt, dass er einem schwarzen Loch, das mit dem im Zentrum unserer Galaxie verschränkt wäre, jede nur erdenkliche Information entziehen konnte. Das Problem zu bestimmen, welche Informationen ausgelesen werden, hatte er noch nicht gelöst. Am Anfang kämen die Informationen quasi zufällig. Wobei er den Terminus zufällig komplett ablehnte, weil die Auswahl der erhaltenen Information einfach nur nach physikalischen Prinzipien bestimmt werden würde, die er einfach nur noch nicht kannte.

Ganz nebenbei erfand er noch die ultimative Raumschiffwaffe, den Punktsingularitätswerfer. Dabei handelte es sich um eine Vorrichtung, die winzige schwarze Löcher erzeugte und diese mittels eines Magnetkatapults extrem beschleunigte und so gegen Feinde oder was auch immer schleudern konnte. Trafen diese winzigen Singularitäten auf Materie, wurde diese sofort in Strahlung umgewandelt! Nach wenigen Minuten zerfielen die Minisingularitäten einfach wieder. Als Level 496, so hieß die ominöse Gruppe der Deutschland GmbH, für die Jokus^0 nun arbeitete, von dieser Entdeckung erfuhr, war deren Freude über dieses Abfallprodukt seiner Forschung sehr groß. Mit Waffen ließ sich Geld verdienen und nur darum ging es der Deutschland GmbH. Selbst die Tatsache, dass Jokus^0 ein paar Löcher in einen Forschungskomplex gezaubert hatte, der mehr gekostet hatte, als das Jahresbudget der meisten Länder auf dem Planeten umfasst, wurde einfach ignoriert. Ein Waffensystem wie dieses war einfach unbezahlbar.

Sein Meisterwerk war jedoch die Erzeugung eines schwarzen Lochs, das mit dem im Zentrum der Milchstraße verschränkt war. Jokus^0 musste dazu den Subraumzugang nutzen, um zwischen dem winzigen schwarzen Loch in seinem Labor und dem im Zentrum der Galaxie eine Brücke zu schlagen. Doch die Subraumnavigation war so schwierig wie eh und je. Die Verbindung wurde permanent durch einen Magnetar gestört, der ständig Kurskorrekturen notwendig machte. Letzten Endes gelang es Jokus^0 dennoch die Brücke zu etablieren und ein stabiles Wurmloch mit dem Zentrum der Galaxis aufzubauen. Gleichzeitig verschränkte er das eigene schwarze Loch im Labor mit seinem gigantischen Bruder. Eine unfassbare Flut an Daten strömte in das Rechenzentrum des Forschungskomplexes. Eine

Super-KI, die gleich ein ganzes Rechenzentrum mit den besten Quantencomputern kontrollierte, schaffte es nicht, die unnützen Daten von den wertvollen in Echtzeit zu trennen.

Jokus^0 hatte nichts Geringeres vollbracht, als den Datenspeicher des Universums anzuzapfen. Die Menschen auf Matsch hatten jetzt Zugang zum gesamten Wissen des Universums. Na ja, zumindest ein paar Menschen von Level 496 hatten Zugang zum Wissen des Universums. Jokus^0 war mit sich zufrieden und fragte sich, ob er nicht vielleicht doch der berühmte Gott Jokus war.

Während Jokus^0 mit seinem Meisterwerk beschäftigt war, lief der Kopiervorgang seiner DNA auf Hochtouren, die erste Serie seiner selbst, Jokus$^{1\text{-}12}$, war bereits damit beschäftigt eine Menge Unfug anzustellen. Der ersten Serie fehlte jedoch der entscheidende Imperativ, der Jokus^0 ausmachte, nämlich seine Frau. Denn seit Jokus^0 zu der Erkenntnis gelangt war „ich bin ein Mann, ich kann alles tun, was meine Frau will", verliefen die Interaktionen mit seiner Gefährtin viel harmonischer. Dieser Einfluss fehlte Jokus$^{1\text{-}12}$ jedoch gänzlich. Level 496 erkannte das Problem jedoch schnell und beschaffte unauffällig die DNA von Sieglinde, bei einer routinemäßigen Grippe-„Impfung", um der nächsten Serie von Jokussen den richtigen Antrieb zur Seite zu stellen.

Als auf Matsch die Allwissenheit erlangt wurde, indem Jokus[0] ein schwarzes Loch angezapft hatte, brachen die Mattok zum Rand dessen auf, was sie jahrtausendelang für den Rand des Universums hielten. Ganz Mattok hielt sprichwörtlich die Luft an, als die „Randflug" sich von der Startrampe in den Himmel erhob. Für Qupal erfüllte sich ein Traum, an dem er sehr lange gearbeitet hatte. Die „Randflug" sollte bis zu einer sicheren Position gleiten und von dort eine Sonde zum Rand schicken, um die „Randflug" nicht in Gefahr zu bringen.

Als die Sonde einfach immer weiter flog und von keinem Rand aufgehalten wurde, stieg die Verwunderung an Bord der „Randflug" ins Unermessliche. Die Sonde sendete konstant weitere Daten zur „Randflug". Neben faszinierenden Bildern auch Daten über die Zusammensetzung der Wolke. Doch von einem

Rand war kein Anzeichen zu erkennen. Die Sonde war mittlerweile eine Lichtminute weit entfernt. Die Flugkontrolle auf Mattok 1 gab grünes Licht, der Sonde in diesem Abstand zu folgen, denn das Signal der Sonde wurde langsam schwächer. Dies in Kombination mit dem Dopplereffekt verursachte kleinere Störungen bei der Bildübertragung. Der Ionenantrieb beschleunigte das Schiff auf etwa fünf Prozent der Lichtgeschwindigkeit. Die „Randflug" jagte bereits seit mehreren Tagen der Sonde hinterher. Das angespannte Auf-den-Monitor-Blicken, um der Erste zu sein, der den Rand sieht, war längst der Langweile gewichen. Die Sonde übertrug nur das Vorbeiziehen von Gasschwaden. Am vierundzwanzigsten Tag sendete die Sonde plötzlich nur noch ein schwarzes Bild. Die Sonde flog immer noch und wies keine Fehlfunktionen auf und dennoch empfing die „Randflug" nur ein schwarzes Bild. Erst in dem Moment, als auch das Schiff die Gaswolke durchquert hatte, begann Qupal zu verstehen.

Als er die unzähligen Sterne am Himmel sah, kam er sich plötzlich ganz klein vor. Es dauerte einen Moment, bis er begriff, was diese Erkenntnis für die Mattok bedeutete. Er, Qupal, hatte das Tor zu den Sternen aufgestoßen.

Kapitel 7 – Die Transzendentalen

Viele Jahrtausende waren vergangen, seit Jokus[0] die Allwissenheit entdeckt hatte und eines Tages einfach verschwunden war. Durch die riesigen Fortschritte, die Level 496 auf allen Gebieten machte, hatte die Deutschland GmbH unbegrenzte Mittel erwirtschaftet und nach und nach den ganzen Planeten gekauft. Warum bei einem Planeten aufhören, wenn man doch das ganze Universum besitzen kann, war das Mantra, das auf Matsch gelebt wurde. Die Zweibeiner von Matsch hatten sich bereits auf über fünfzehntausend Welten ausgebreitet. Je mehr Welten hinzukamen, umso schneller breiteten sie sich in der Milchstraße aus.

In einer etwas kleineren Spiralgalaxie einige Millionen Lichtjahre von Matsch entfernt hatte sich auf einem Gasriesen, der um eine der etwa hundert Millionen Sonnen in dieser Galaxie kreiste, eine geisterhafte Spezies namens Trillon entwickelt. Die Trillon lebten in der oberen Schicht eines Gasriesen. Sie ernährten sich direkt von der elektrischen Energie, die durch die Gasschichten des Planeten waberte. Die Trillon waren eine geistig hoch entwickelte Spezies, die über die Beschaffenheit des Alls immenses Wissen angesammelt hatte. Da die Trillon jedoch keinen Körper im herkömmlichen Sinne besaßen, war die Interaktion mit Materie fast unmöglich für sie. Die Freiheit, nicht an einen Körper mit allen seinen Limitierungen gebunden zu sein, hatte für so hochgeistige Wesen jedoch auch ihre Vorteile. Die Wahrnehmung der Trillon reichte bereits jetzt vom Subraum bis in die achte Dimension. Sie waren in der Lage interstellare Reisen alleine mit ihrem Verstand durchzuführen. Es war so, als würden sie einfach mit einem Gedanken eine Kopie ihrer selbst zu einem anderen Ort transportieren.

Das allumfassende Universum mit allem darin verbarg keine Geheimnisse mehr vor den Trillon. Es handelte sich schließlich nur um ein bisschen Chemie und Biologie, nichts Kompliziertes wie zum Beispiel Astralreisen. Das ganze Interesse der Trillon lag im Erklimmen der höheren Sphären, insbesondere der achten Dimension. Sie waren kurz davor, die Gesetzmäßigkeiten der achten Dimension vollends aufzudecken und Zugang zur neunten Dimension zu erlangen. Die Trillon spürten instinktiv, dass irgendwo in den höheren Sphären noch ein großer Durchbruch auf sie wartete. Sie erwarteten eine Antwort auf die eine Frage zu finden, die überall im Universum von jeder Kreatur gestellt wurde, die ein Bewusstsein hatte, *was ist der Sinn des Lebens*?

Viele Kopien aus der Jokus-Serie arbeiteten in der Flottenverwaltung und im Expansions-Ministerium. Die Forschung überließen die Menschen auf Matsch ihren KIs, die in Rechenzentren betrieben wurden, die mit Subraumprozessoren ausgerüstet waren. Mit dieser Technik erreichten die Computer unbegrenzte Rechenleistung, da es im Subraum keine lineare Zeit gab. Man bekam das Ergebnis immer sofort, egal wie komplex die Berechnung auch war.

Im Jahre 28772 entdeckte eine Sonde der Menschen ein Schiff der Mattok, das gerade die Rohstoffe eines Asteroiden analysierte. Die Sonde wurde entdeckt und sofort zerstört. Seit die Mattok das erste Mal hinter die Gaswolke geblickt hatten, setzte sich in ihrer Gesellschaft die Überzeugung durch, dass sie die Prüfung der Isolation nun gemeistert hatten und ihnen auch der Rest der Galaxie zustehen würde. Die Mattok waren eine langlebige Spezies, es machte ihnen wenig aus, in langsamen Schiffen zu den Sternen zu reisen. Sie hatten bereits Hunderte Planeten und Monde besiedelt, riesige Raumschiffwerften im All errichtet und mit der Zeit eine gewaltige Flotte gebaut. Die Mattok hatten bereits zwei Rassen unterworfen, die gerade die ersten Schritte als raumfahrende Zivilisationen unternommen hatten. Ihnen war klar, dass sie eines Tages auf einen ebenbürtigen oder sogar einen stärkeren Gegner treffen würden. Um für diesen Tag gerüstet zu sein, verließen Hunderte von Kampfschiffen in jeder Solarperiode die Werften der Mattok.

In der Flottenverwaltung der Erde wurde der Vorgang natürlich sofort als kriegerischer Akt eingestuft und ein Kampfverband in den Sektor entsandt. Die Schiffe der Menschen wurden von KIs gesteuert, sie benötigten deshalb keine lebenserhaltenden Systeme, sie waren ausschließlich auf den Kampf ausgelegt und optimiert. Die Schiffe waren schnell, extrem gut bewaffnet und besaßen ein hervorragendes Schildsystem, das sich wie eine Warpblase um das Schiff legte und eintreffende kinetische oder energetische Energie direkt in Gravitationswellen umwandelte. Es gab nur wenige Waffen, die in der Lage waren, diese Art von Schild zu durchdringen. Die Mattok besaßen keine davon.

Als der kleine Kampfverband von gerade mal acht leichten Zerstörern und einem Schlachtschiff auf die Mattok traf, begannen sie sofort damit die Flotte vom Planeten Matsch anzugreifen. Die KI analysierte Sensordaten, die umliegenden Sternensysteme, detektierte und verfolgte die Kommunikation der angreifenden Schiffe. Einen Sekundenbruchteil später hatten sie alle Ziele erfasst und an die Flottenverwaltung übermittelt. Die KI fügte noch den Appendix hinzu: »Unser Kampfverband wird beschossen, leite Gegenmaßnahmen ein.« Die angreifenden Schiffe der Mattok wurden mühelos zerstört. Während der Kampfverband eine kleine Werft, die sich noch im Aufbau befand, vernichtete, berechnete die KI eine Route, entlang derer die Auslöschung der Mattok am effizientesten wäre. Das Vorgehen war immer das gleiche, der Kampfverband zerstörte zuerst alle orbitalen Strukturen, dann traten die Zerstörer in die Atmosphäre ein, sendeten Schallwellen aus, die die kristalline Struktur der Mattok in Schwingungen versetzte. Durch den piezoelektrischen Effekt gaben die Mattok elektrische Ladungen an die Umgebung ab, bevor sie einfach zerbrachen und nur ein paar Kiesel übrig blieben. War diese Phase der Auslöschung abgeschlossen, flog der Kampfverband zum nächsten Ziel. Als der Kampfverband der KI am dreiundsiebzigsten Ziel angekommen war, an einer Hauptwelt der Mattok, stand der Kampfverband einer gewaltigen feindlichen Flotte gegenüber. Die gesamte Flotte der Mattok, 19355 Kampfschiffe, war bereit, den Abgesandten der Menschheit die Hölle heiß zu machen. Beim Verlassen des Subraums aktivierte die KI Waffen- und Schildsysteme, das weitere Vorgehen änderte sich nicht. Einzig und allein die Anzahl der orbitalen Ziele war recht hoch. Die Flotte der Mattok eröffnete das Feuer, der Kampfverband erzeugte messbare Gravitationswellen. Die KI flog mit dem Kampfverband völlig unbeeindruckt in Richtung des Planeten, während sie Ziel um Ziel zerstörte. Selbst als das schwer beschädigte Flaggschiff der Mattok auf Kollisionskurs ging und versuchte, das Schlachtschiff, auf dem sich die KI befand, zu rammen, änderte sie weder den Kurs noch wurde sie langsamer. Das gigantische Flaggschiff der Mattok zerbarst an den Schilden des Kampfverbands. Als das Schlachtschiff der KI in den Orbit eintrat und die Zerstörer sich der Atmosphäre näherten, war die gesamte feindliche Flotte vernichtet, nicht ein einziges Schiff war entkommen. Nur wenige

Stunden später war die gesamte Spezies ausgelöscht und der Kampfverband kehrte zur Flotte zurück.

Das Kollektiv der Trillon hatte es geschafft. Es war ihnen gelungen, die Gesetzmäßigkeiten der achten Dimension vollends aufzudecken und Zugang zur neunten Dimension zu erlangen. Sie näherten sich der Antwort, nach der sie suchten, das konnten alle deutlich spüren. Die neunte, zehnte und elfte Dimension beruhte auf Gesetzmäßigkeiten, die in ähnlicher Form in niedrigeren Dimensionen vorherrschten. Dies machte die Entschlüsselung zu einem leichten Spiel für die Trillon. Die zwölfte Dimension hingegen war anders als alles, was die Trillon jemals gesehen hatten, hier ergab nichts einen Sinn. Die Regeln folgten ihren eigenen Regeln nicht. Selbst nach Hunderten von Solarperioden hatten die Trillon nicht den kleinsten Fortschritt dabei gemacht, der zwölften Dimension ihr Geheimnis zu entlocken.

Millionen Lichtjahre entfernt, in der Milchstraße,

ein paar Galaxien weiter, trafen die Menschen von Matsch auf die Gorrgix. Die Gorrgix erkannten in den Menschen die Drachentöter, den Bezwinger ihres Erzfeinds. So verlief das erste Zusammentreffen sehr harmonisch. Die kleinen Zweibeiner vom Planeten Matsch hatten zwar keine Ahnung, von was die Gorrgix sprachen, aber egal. Es grenzte schon an ein Wunder, dass ein Zusammentreffen der beiden letzten verbliebenen Spitzenprädatoren nicht in einem Blutbad endete. Während das Imperium der Gorrgix kaum gewachsen war, war das der Menschen geradezu explosionsartig gewachsen. Das Gebiet, das von den Menschen beansprucht wurde, umfasst mittlerweile eine ganze Reihe von Welten, die zuvor zum Imperium der Drachen gehört hatten. Die Gorrgix hatten es versäumt sie zu besetzen. Sie ahnten, dass es schon bald wieder zu einem Grenzkonflikt kommen könnte, falls die Diplomatie versagte. Doch die Menschen waren viel gefährlicher als die Drachen.

Erdenjahr 2042:

Jokus[0] hatte sein Verschwinden sorgsam vorbereitet. Er hatte den Entwurf einer Fregatte vom Server des Forschungskomplexes kopiert und an eine entlegene Werft weitergeleitet. Dort lag der Verwaltungs-KI ein gefälschter Auftrag zur Modifikation vor. Er beinhaltete einen großzügigen Wohnbereich, ein Forschungsmodul mit einem Großrechner sowie Büros und eine Werkstatt. Um die entsprechenden Module hinzufügen zu können, wurde das Schiff in der Mitte durchgeschnitten und die neuen Module wurden eingefügt. Zu guter Letzt erhielt das Schiff noch eine neue KI und die neusten Waffen- und Schildsysteme, eben alles, was ein Jokus[0] in schwierigen Zeiten braucht.

Erdenjahr 28777:

Nur ein paar Jahre nach der Auslöschung der Mattok manövrierten sich die Menschen erneut in einen Krieg. Der ungebremste Expansionsdrang der Menschen engte die Gorrgix zunehmend ein. Die Weigerung, besetzte Planeten wieder freizugeben und auf alle Sternensysteme im oberen Zipfel des Spiralarms zu verzichten, führte letztlich dazu, dass die Gorrgix ihre Forderungen mit Waffengewalt durchsetzten wollten. Der Beschuss eines Aufklärers in einem rohstoffreichem Sternensystem und dessen Zerstörung in dem darauffolgenden Scharmützel versetzte die Flotten der Erdstreitkräfte in Gefechtsbereitschaft. Jokus[378211] koordinierte die Verteidigung der Erde und Jokus[378212] koordinierte die Armada, die den Angriff auf die Heimatwelt der Gorrgix ausführen sollte. Die Gorrgix waren eine der alten Rassen und wurden deshalb auch als technologisch ebenbürtig, wenn nicht sogar überlegen eingestuft. Das bewies die Zerstörung des Aufklärers deutlich. Doch die Gorrgix waren rein zahlenmäßig deutlich unterlegen. Das Imperium der

Menschen umfasste mehr als das Fünfzigfache an Sternensystemen und fast das Zweihundertfache an Titanen und Großkampfschiffen. Die Produktion von Kriegsschiffen lief in allen Werften des Imperiums auf Hochtouren.

Die Gorrgix attackierten einige nahe gelegene Raumstationen der Menschen, die sich zum größten Teil noch im Aufbau befanden, und zerstörten sie unter großen Verlusten. Gegen die Cluster-Punktsingularitätswerfer der Menschen konnten sich die Gorrgix nicht verteidigen, kein Schild konnte einer derart mächtigen Waffe widerstehen. Als die Armada den Heimatplaneten der Gorrgix erreichte, entbrannte eine Schlacht epischen Ausmaßes, tausende Kriegsschiffe auf beiden Seiten wurden zerstört. Den Ausschlag gaben die Großkampfschiffe der Menschen. Sie feuerten mit mehreren Cluster-Punktsingularitätswerfern gleichzeitig, der Schaden, den eine einzige Salve verursachte, war verheerend und konnte mehrere Schiffe auf einmal schwer beschädigen. Die Schlacht dauerte nur wenige Minuten. Die Armada hatte etwa ein Drittel ihrer leichten Schiffe verloren, die Schilde der Großkampfschiffe waren für die Gorrgix zu stark. Als die Flotte der Gorrgix vernichtend geschlagen war, beschossen die Großkampfschiffe den Planeten, bis dieser zu einem rot glühenden Felsbrocken wurde, auf dem kein Leben mehr möglich war. Kurz nach der Schlacht erschien ein Personentransporter der Gorrgix mit dem Interimskanzler, der seine Kapitulation anbot.

Erdenjahr 2042:

Der Umbau der Fregatte dauerte nun schon seit sechs Wochen an, war aber so gut wie beendet. Die Arbeiten an der Personentransport-Vorrichtung in einem der Labore waren schon lange abgeschlossen. Jokus^0 brauchte nur einen Knopf zu drücken und er und Sieglinde^0 würden direkt auf ihr neues Schiff „getunnelt". Nach dem Transport sollte die Personentransport-Vorrichtung ihren Speicher mit einer kräftigen Überspannung verglühen lassen. Jokus^0 hatte Sieglinde^0 noch nichts von seinen Plänen gesagt, es sollte eine Überraschung werden, vor allem für Level 496. Als er endlich die Mitteilung über die Fertigstellung der MZ-Finthen erhielt, musste er nur noch seine Frau dazu bewegen, einmal das zu tun, was er von ihr wollte. Das war weitaus komplizierter, als heimlich eine Fregatte zu klauen und die Flucht aus einem geheimen Forschungskomplex zu planen. Doch Jokus^0

hatte auch dieses schier unlösbare Problem gelöst. Er behauptete, er bräuchte ihre Fähigkeiten als Handwerkerin, um etwas zu montieren, was ihm nicht gelang. Man muss an der Stelle wissen, dass Sieglinde[0] eine begeisterte Handwerkerin war, wenn es irgendwo etwas zu werkeln gab, war sie sofort dabei. Als der Moment gekommen war, drückte Jokus[0] besagten Knopf und fand sich mit Sieglinde[0] in derselben Personentransport-Vorrichtung wieder, in die er seine Frau zuvor gelockt hatte. Der einzige Unterschied war der, dass diese Personentransport-Vorrichtung auf seinem eigenen Schiff installiert war. Während Sieglinde[0] verdutzt die neue Umgebung betrachtete, gab Jokus[0] der KI Anweisung, die Netzwerkverbindung zur Flottenverwaltung zu deaktivieren und sämtliche Transponder abzuschalten. Erst als sichergestellt war, dass die MZ-Finthen nun ein echtes Geisterschiff war, gab er den Befehl „bring uns ins Versteck". Das leichte Kampfschiff öffnete einen

Subraumzugang und flog mit Impulsantrieb hinein. Als die MZ-Finthen den Warpantrieb einschaltete, gab es eine schwere Fehlfunktion. Das Schiff schoss einen Moment unkontrolliert durch den Subraum, sofort sprangen Sicherungssysteme an, die das Schiff unbeschadet aus dem Subraum brachten. Die MZ-Finthen verließ den Subraum zwischen einem Gasriesen und seinem Mond. Die KI schwenkte in den Orbit des Gasriesen ein, bis alle Systeme überprüft wurden. Parallel dazu nahm die KI eine Positionsbestimmung vor. »Wir sind in einer unbekannten Galaxie und wir schreiben das Erdenjahr 28785.«

»Wir haben einen Zeitsprung in die Zukunft gemacht?«, fragte Jokus[0] verdutzt.

»Korrekt«, antwortete die KI, »wir sind 26 743 Jahre in die Zukunft gereist. Die Milchstraße ist rund 470 Millionen Lichtjahre entfernt.«

»Darum kümmern wir uns später. Führe eine komplette Systemdiagnose durch, versuche den Fehler zu finden und zu korrigieren.«

»Verstanden! Ich glaube, jemand versucht mit uns zu kommunizieren! Ich erstelle eine Übersetzungsmatrix. Bitte warten ...«

»Wer will den mit uns reden?«, mischte sich Sieglinde[0], die in den letzten Minuten auffallend still gewesen war, ein.

»Sie nennen sich Trillon und leben in den oberen Schichten des Gasriesen, in dessen Orbit wir eingetreten sind. Sie haben uns gebeten, in einen höheren Orbit zu gehen, da die Magnetfelder des Schiffes sie stören.«

»Gut, dann mach das.«

»Wir haben die angewiesene Position bereits eingenommen. Die Trillon existieren als reine Energie, ohne Körper! Sie sind eine transzendentale Spezies. Sie haben eine Erklärung für die Fehlfunktion. Die Trillon vermuten, dass wir den Warpantrieb exakt zu dem Zeitpunkt aktiviert haben, als eine Gravitonwelle auf das Schiff traf, diese hat uns einen kleinen Schubs verpasst. Diese Erklärung passt hundertprozentig zu den vorliegenden Daten.«

»Die Trillon scheinen eine hoch entwickelte Spezies zu sein«, stellte Jokus[0] fest.

»Ja, und sie bitten uns um Hilfe bei der Analyse der zwölften Dimension, erst wenn sie die Gesetzmäßigkeiten der zwölften Dimension vollständig verstehen, können sie in die dreizehnte Dimension vordringen. Sie sind bereit, ihr Wissen mit uns zu teilen.«

»Ist das Forschungslabor einsatzbereit?«

»Ja, ich kann als Schnittstelle zwischen dem Subraumrechner im Labor und den Trillon fungieren.«

»Sehr gut, mach es so.«

»Schnittstelle etabliert, empfange 7,2 Yottabyte Daten, berechne ..., 1,1 Terabyte Daten ermittelt, sende Daten.«

»Die Trillon danken uns.«

»Hast du Zugriff auf die dreizehnte Dimension?«

»Meine Berechnungen zeigen, dass es sich um eine Art von Raum handelt, in den wir gelangen können und der diesem ähnelt, die Zeit existiert dort jedoch nicht. Ich berechne die Gesetzmäßigkeiten.«

»Füge dem Navigationssystem einen entsprechenden Befehl hinzu.«

Die Trillon nutzten die nun bekannten Naturgesetze der zwölften Dimension, um nach einem Zugang zur nächsthöheren Dimension zu suchen. Sie spürten instinktiv, dass sie dort die Antworten finden würden, die sie suchten. Die Antworten auf alles. Das ganze Kollektiv versuchte die letzte Tür aufzustoßen, dem Universum das letzte Geheimnis zu entreißen und es gelang ihnen.

Die Entitäten bemerkten, dass sich eine Art von Portal zu öffnen begann. Einzelne Bewusstseinskonstrukte waren zu erkennen. Die Entitäten machten eine kleine unscheinbare Galaxie aus, in der ein Gasriese um eine Sonne seine Bahnen zog. Sie begannen die Galaxie abzuschirmen, versuchten den Zugang zwischen den Dimensionen zu unterbrechen, doch die Trillon ließen sich nicht von dem Widerstand aufhalten. Sie benötigten mehr Energie, um die

Zugänge zwischen den Dimensionen offen zu halten und das letzte Portal vollends zu öffnen. Dazu ließen sie sich etwas näher an den Kern des Gasriesen gleiten, dorthin wo die elektrischen Stürme heftiger wurden. Magnetfelder und elektrische Entladungen schlugen ihre Krallen in die dreizehnte Dimension, die Trillon packten sprichwörtlich das Brecheisen aus, versuchten mit Gewalt ihr Ziel zu erreichen. Sie nutzten die gesamte Energie des Gasriesen, um die Tür aufzustoßen.

Die Trillon erblickten die Entitäten, die scheinbar teilnahmslos ihr Erscheinen betrachteten. Es fehlte nicht mehr viel, bis sie wahrhaft mit den Göttern in Kontakt treten würden. Vielleicht würden sie selbst ebenfalls zu Göttern werden, wenn es ihnen gelänge, das Portal vollständig zu öffnen und hindurchzuschreiten.

Die Entitäten Moira und Nerthus bildeten eine Blase um die Galaxie der Trillon. Sie sorgten dafür, dass die Blase stabil blieb und trennten die Galaxie der Trillon so vom Rest des Universums ab. Es war eine Art Universum im Universum. Die Trillon kämpften, um die Zugänge durch alle Dimensionen hindurch stabil zu halten. Gewaltige Energiemengen bohrten sich durch die Dimensionen. Das Portal der Trillon war fast vollständig geöffnet. Die Entität Gaia sprach zu den Trillon: »Ihr dürft zu uns kommen, jedoch nicht auf diese Weise! Einzig und allein die geistige Reife eures Verstands darf diese Grenze passieren. Das Durchbrechen der Dimensionen können wir euch nicht gestatten.« Die Entität Freya begann im abgetrennten Universum der Trillon, das nur aus ihrer eigenen Galaxie bestand, die Naturgesetze zu verändern.

Auf der Fregatte MZ-Finthen wurden starke Schwankungen im elektrischen Feld des Gasriesen bemerkt. Die KI brachte die Fregatte hinter den kleinen Mond, sodass dieser als eine Art Schutzschild fungieren würde. Die

Gravitation änderte sich. Der Warpantrieb funktionierte nicht. Die Fregatte begann unkontrolliert im Raum zu treiben.

Freya verwandelte die Materie der Sterne, die gerade fusioniert wurde, in Antimaterie, wodurch sie Antimateriesterne erschuf. Die Antimaterie reagierte mit der Materie in einer Annihilation, wie sie seit dem Urknall nicht mehr stattgefunden hatte. Ein Stern nach dem anderen vernichtete sich selbst inklusive des gesamten Sonnensystems, das ihn umgab. Die Vernichtung begann am äußeren Rand der Galaxie und arbeitete sich kontinuierlich zum Zentrum der Galaxie vor.

Die KI der MZ-Finthen meldete: »Alle Antriebe sind wirkungslos, wir sind manövrierunfähig und die Galaxie explodiert! Lediglich der Subraumzugang in die dreizehnte Dimension ist noch möglich!«
»Der Stern dieses Systems wird in 43 Sekunden

explodieren, Sie haben noch 18 Sekunden, um eine Anweisung zu geben.«

»KI, du hast eine sehr überzeugende Art. Sprung in die dreizehnte Dimension!«

Als die Ewigkeit von 25 Sekunden endlich vergangen war, öffnete die Fregatte den Subraumzugang und sprang in die dreizehnte Dimension. Doch anders als die Trillon musste die Fregatte nicht durch ein Portal reisen, sondern passierte die Barriere ungehindert. Nach einem Moment der Orientierung verwandelten sich Jokus[0] und Sieglinde[0] jeweils zu einer Entität. Beide nahmen umgehend ihren rechtmäßigen Platz im Reiche der Götter ein. Die Frage nach dem Sinn des Lebens konnte Jokus[0] nun beantworten. Der Sinn des Lebens ist ein Spiel der Entitäten, damit die Ewigkeit für sie nicht so langweilig ist.

- Ende -